お江戸やすらぎ飯

初恋

鷹井 伶

角川文庫
22645

目次

主な登場人物

佐保《さほ》　幼少期、大火で親とはぐれ廓《くるわ》で育った。養生に必要な食物を感じる才能を活《い》かすべく、医学館で学びながら病を癒《いや》す料理人を志している。

■医学館

多紀元堅《たきもとかた》　多紀家の五男

元胤《もとつぐ》　元堅の兄・多紀家の当主で医学館督司（館長）

稀代《きよ》　元堅・元胤の母

志津《しづ》　元胤の妻

芳《よし》　多紀家の女中頭

立花瑞峰《たちばなずいほう》　医学館の名誉教授。佐保の才能を見抜いた恩人

田辺耕三郎《たなべこうざぶろう》　医学館賄い方

マサ　医学館賄い方手伝い

荒木相俊《あらきそうしゅん》　町医者。元胤の友

■吉原

颯太《そうた》　玉屋山三郎の一人息子。佐保の幼馴染《おさななじみ》
玉屋山三郎《たまやさんざぶろう》　大見世玉屋の主人・吉原惣《そう》名主。佐保の養父
お梶《かじ》　玉屋の遣《や》り手

小夜《さよ》　船宿月屋《つきや》の雇い女
澤田夢之丞《さわだゆめのじょう》　歌舞伎役者
紫乃《しの》　元は玉屋の花魁《おいらん》、玉紫《たまむらさき》。秋津勢之介《あきつせいのすけ》に嫁ぎ、改名した。
須万《すま》　秋津家の大奥様。勢之介の母
お鶴《つる》　呉服商白丸屋《しろまるや》の娘。佐保の友
菊《きく》　旗本の娘
雅吉《まさきち》　大工
伊東唯八《いとうただはち》　浪人
綾《あや》　田辺耕三郎の妻

第一話　嫁と卵

一

「佐保《さほ》さん、佐保さん！」

どこかで稀代《きよ》が呼ぶ声がした。

齢《よわい》六十を過ぎても多紀家の大奥さま稀代の声はよく通る。高からず低からず、凜《りん》として聞こえやすい。急いで参じなければ、またお小言が始まってしまう。踵《きびす》を返しかけたものの、佐保はそのままそっと様子を窺《うかが》うことにした。

「佐保さんなら、今しがた、医学館の方へ」

と、女中頭の芳《よし》が答える声が聞こえたからだ。

木々の合間から覗《のぞ》くと、稀代は襷《たすき》姿で頭には鉢巻き、手には薙刀《なぎなた》というなんとも勇ましい立ち姿で、女中頭の芳と対峙《たいじ》していた。歳を取っても背筋がピンと伸びた稀代は、まるで仁王立ちした弁慶《べんけい》さながらだ。

「佐保さんじゃなくて、佐保さまでしょ」

「さようでございました。気をつけます」

芳が申し訳なさげに小さく首をすくめた。

できればそういうことで、お芳さんを叱らないで欲しい——。

佐保は小さくため息を漏らした。

「朝稽古《げいこ》をすると言っていたのに。医学館の授業があったのかしら」

「おそらくは……」

芳の答えを聞いて、稀代は一つため息をついた。

「……だったら、仕方がないわね」

意外にあっさりと、稀代は佐保に稽古をつけるのを諦《あきら》めてくれたようだ。

「このまま、行ってしまおう」

そう呟《つぶや》いて、佐保は多紀《たき》家の裏口のくぐり戸を抜けた。

佐保が医家として有名な多紀家にお世話になるようになったのは去年の夏のこと

だ。七歳の時、大火で親とはぐれた佐保は吉原の大見世玉屋に拾われた。よほど恐ろしい目に遭ったのか、名前以外は何も覚えていなかった佐保はそこで十年近くを過ごした。両親は死んだものだと誰もが思っていたのである。

十六歳になった佐保は遊女として見世に出る寸前、病人を癒す料理の才を認められ、異例のことではあるが、多紀家で下働きをしながら医学館で漢方養生を学ぶことを許された。そしてこの夏、再び大火に遭ったことで、父母との記憶がよみがえった佐保は、父・佐島平三郎《さじまへいざぶろう》との再会を果たしたのであった。

佐島は著名な本草学者であり、今は水戸《みと》藩に仕える立派な武士である。

吉原育ちの孤児と思われていた佐保の氏素性がわかったことで、周囲の人たちはみなとても喜んでくれた。だが、少なからず戸惑いを与えたのも事実であった。

さて、これからどう接するべきなのか――。

武家の娘だと知れた佐保をこのままにしておいてよいのかというのである。

佐保自身は、何も変わる必要がないと思っていた。父は水戸で一緒に住むことを望んだが、佐保は断った。勉学は始まったばかりだ。病人のための料理人になるという夢をかなえるためには、このまま多紀家に下働きとして置いてもらい、医学館の賄い手伝いをしつつ勉学に励めればそれに越したことはない。

しかし、「そうはいきません」と異を唱えたのは、大奥さまの稀代であった。勉学をするなということではない。医学館の勉学はこれまで以上にすればよい。ただ、武家の娘としてそれなりに過ごさなければならないというのである。使用人たちに向かって佐保を「さん」付けではなく、「さま」付けで呼べと命じたのもその一つにすぎない。佐保の父佐島が「くれぐれも娘をよろしくお願いします」と、多紀家の人たちに頭を下げて水戸へ帰ってすぐ、稀代が真っ先に命じたのは、佐保の部屋を屋根裏から離れへと移すことであった。

「そんな勿体《もったい》ないです」

佐保は固辞したが、稀代は決めたことだからといって聞かなかった。

「佐島さまのお嬢さまなのですからね」

二言目にはそう言うのだ。

「お父様に託されたのです。そなたのことはこれまで以上に私が面倒をみなくては」

稀代は張り切っていたが、それを知った多紀家の五男、元堅《もとかた》はくすくすと愉快そうに笑った。

「やれやれ、大変な見張りがついたものだな」

「もうぉ」

と軽く怒ってはみたものの、確かに元堅の言う通りだと、佐保は小さくため息をついた。佐保があてがわれた部屋は離れの庭に面していて、日当たりも広さも十分だったが、隣りは稀代の部屋なのである。

「あそこから見える庭の景色は良いぞ。母上のご自慢なんだ」

「ならば元堅さまにお譲りいたします」

「いやいや」

とんでもないと元堅は首を振り、肩をすくめてみせた。

元堅は佐保の五つ年上の二十二歳、多紀家の中ではもっとも佐保に近い。そのせいか佐保をよくからかってくる。ぽっちゃりとした童顔のせいか、佐保も元堅に対して遠慮がない。年下のように思えるときもあるぐらいだ。今は部屋住みの気楽な身だが、先代の遺言によりいずれ分家の当主となり医学の道を究めることを期待されている。本人はまだあまり自覚していないようだが。

彼の兄で多紀家の当主元胤《もとつぐ》が頭脳明晰《めいせき》できりりとした男ぶりで、江戸《えど》城奥向きの仕事もこなしているのに対して、元堅は勉学もぱっとしない。だが、表裏がなく人は好《よ》い。というか、すぐ顔に出てしまうので隠しようがないのだ。大人げないといえばそれまでだが、抜けがある分温かみがあり、親しみやすさと愛嬌《あいきょう》につながっているのが彼の良さでもあった。

「もう少ししっかりならないものか」

自覚が足りないと、稀代は心配して何かと口を出すのだが、元堅はそれが面倒でならない。稀代の目が佐保にいくなら、これ幸いなのだ。

部屋替えの次に、稀代は佐保の拵《こしら》えも全て武家風に改めさせた。それまで髪は愛らしく鹿の子絞りを使った結綿だったのだが、髷《まげ》の根をきりりと上げた武家娘風の島田《しまだ》へと結い直させ、着衣も洗いざらしの木綿の下着や着物は全て解いて雑巾《ぞうきん》にするように言い渡した。それでは着るものがないという佐保に、稀代は自分の若い頃の衣を取り出してこう言った。

「とりあえずこれを着て。あとはおいおい、誂《あつら》えていけばよいから」

普段着にしなさいと出されたものは、同じ木綿地でも着道楽の稀代の好みが反映された上質な織と染がほどこされたものばかりだ。下着に至っては絹ものも交じっていて、佐保は驚いた。

「質素倹約を旨とする多紀家の者が……と思ったのでしょう。でもね、よく覚えておきなさい」

稀代は真面目な顔で佐保に告げた。

「贅沢《ぜいたく》をしろと言っているのではありません。でもね、女にとって着物というものは自分の裁量でいかようにもできる唯一の財産なのです。もしも日々の暮らしに困ったときは、これを売って米を買い、当座をしのげます。身なりを整える、着物を誂えるということには、そういう意味もあるのですよ。それにね、着物は知ってのとおり、着古した後は子の襁褓《むつき》にし、最後は雑巾として使い尽くします。無駄がないものなのです」

稀代は家計を工面して捻出《ねんしゅつ》した金を着物に替えるのも武家の娘の心得の一つだというのである。そんな貴重なものならなおのこと、いただくのは気が引けた。だが、稀代はさらに、「これを履くように」と真新しい足袋《たび》や草履まで用意していた。

「もう使用人の身分ではないのですからね」

これもまた武家の娘としての身だしなみだというのである。（江戸時代、冬のさなかであっても身分の低い者が足袋を履くことはなかった）

そうして、帯も織がしっかりしたものをきっちりと文庫に結ぶよう命じた。

「ほら、よく似合います。若い娘の装いはこうでなくてはね」

支度が整った佐保を見て、稀代は満足げにそう言った。

「……それにしても羨《うらや》ましいような肌だこと」

白粉《おしろい》や紅をさしていなくても、十七歳の佐保の頬はすべすべときめ細かくほんのり赤い頬と相まって、そこにだけ陽があたっているような輝きがあるのだ。

だが、佐保は少し困ったように眉《まゆ》を寄せていた。

これまでと違って、結い上げた髪もきちんと結んだ文庫もすっと背筋が伸びる心地がする。それはいいが、なんだか堅苦しいし、着丈もぞろりと長くて動きにくい。いずれも高価なものではないから遠慮なく着ろと言われても、襷掛《たすきが》けをしたとしても、そのまま水仕事をするのは気が引けてしまうではないか——。

佐保は稀代の前に丁寧に手をついて、願い出た。

「大奥さま、私のことは今まで通りでお願いしたいのです」

「それは無理というものですよ」

稀代は下働きを続けさせるわけにはいかないと言ったが、それでは佐保の気が済まない。

「いえ、どうかお願いします。衣もこれまでのものでないと、水仕事がやりにくくて仕方ありません」

佐保が重ねて言うと、稀代はふーっとため息を一つついた。

「わかりました。台所はこれまで通りすればよろしい。でも、衣はやはりこちらに。

慣れれば何でもできますから」

稀代は武芸の稽古《けいこ》もできるのだからというのである。薙刀《なぎなた》が得意な稀代は、佐保にも武家の娘の心得の一つとして、武芸を教えると言ってきかない。

今朝も薙刀片手に佐保を呼んでいたのは、稽古をするつもりだったのだ。

武芸は心の鍛錬にもなる――それはよくわかる。だが、佐保は同じ刃物を扱うなら、人を斬る刀より包丁を握っていたい。

多紀家と医学館は地続きになっている。裏庭の木戸を一歩出れば、そこはもう医学館の敷地というわけだ。

医学館は、多紀家五代目の元孝《もとたか》が医師養成のために私財を投げうって創った躋寿《せいじゅ》館《かん》がその始まりである。幾度か大火に遭い存亡の危機があったが、その都度再建。六代目の元徳《もとのり》の時に幕府直轄となり、医学館と名を改めた。今は、八代目にあたる元胤が督事（館長）を務めている。

医師を目指す学生たちが学ぶ場であり、病に苦しむ人を無償で診る場でもある。

薬草園となっている庭の一角を横目に見ながら、佐保は台所へ向かった。佐保が働く台所は、医学館に出入りする先生や学生、病人たちの食事を提供していた。

「あれぇ、そんなことは私がするからさ」

佐保が井戸端で泥のついた里芋を洗おうとしていると、慌てた様子でマサが駆け寄ってきた。マサは医学館で賄い方の手伝いをしている。裏表のない陽気な女だが、彼女もまた佐保との付き合い方に戸惑っている一人だった。

「いいんだよ、こんなことしなくて、佐保ちゃんは……あ、違った佐保さまだ」

「やめてください。さまなんて」

「でもね……」

「お願いします。この前も申し上げたようにここでは今まで通りで。そうでないなら、私もマササまとお呼びしますよ」

「えっ、やめとくれよ、そんな。わかったよ、わかった」

そう頷《うなず》いたものの、マサも一緒になってしゃがんで、里芋を洗い始めた。

「良い芋だろ。さっき、伍助《ごすけ》さんが持って来たんだよ」

伍助は医学館出入りの野菜売りである。

「ええ、とても立派」

「新物だってさ。そろそろ中秋だもんね」

実りの秋といわれるように、この季節、様々な作物が収穫の時期を迎える。

古来、農耕には月の満ち欠けを基準とした暦が頼りにされた。そのため、月に感謝を込めて収穫した作物を供えるという風習があった。

枝豆を供える「豆名月」、栗を供える「栗名月」、中秋の名月は、里芋を供えて「芋名月」とも称した。ちょうど新芋の収穫期にあたるからで、この行事は室町《むろまち》時代にはすでに行われていたとされる。今でも京都《きょうと》では「月見だんご」は里芋に似せて作られる。

「そうだ。芋茎《ずいき》もありますか？」

「ああ。干したものならたっぷりとあるよ。あんなもんが好きなんかね」

「ええ」

と、佐保は嬉《うれ》しそうに頷いた。

芋茎は芋がらとも呼ばれる。その字が表すとおり、里芋の葉茎を指す。表面は赤褐色をしていて中は細かな海綿状になっている。長さは長いものだと、三尺（約一メートル）を超える。生のまま出回ることがあるが、おおむね夏に収穫されて干して紐《ひも》状になったものが売られることが多い。戦国時代にはこの干し芋茎を縄状に編み、味噌《みそ》で煮しめたものを携帯食とした。そのまま縄として荷物を縛ることもできたし、お腹が空《す》けば必要な分をちぎって、鍋《なべ》に入れれば味噌汁にもなるという重宝な代物であった。

「どうするかね？　戻して里芋と一緒に煮るのかね」

「それもいいけど、半分は酢の物にしましょう」

　と、佐保は応じた。

　干した芋茎は、湯がいて戻せばいろいろな料理に使える。特に佐保が好きなのが酢の物だ。食べやすい大きさに切ったものを甘酢で和《あ》えるとほんのりと桜色に色づく。それにすりごまをかけていただく。素朴な味わいだが優しい色合いとシャキシャキとした歯ごたえが楽しい一品で、箸《はし》休めにはちょうど良い。

「たしか梅酢が残っていましたよね。あれを使いましょう」

「ああ、いいねぇ」

　梅酢は梅干を漬けるとき、塩漬けにした梅から浸《し》み出てくるものだ。梅の実の栄養分をたっぷりと含み、暑い夏を過ぎ、疲れがたまった身体を癒《いや》すにはもってこいだ。ただ塩が強いのが難点なので、砂糖を加え、煮切り酒でのばして調味料として使うとよいのだ。

「たしかさ、甘くて酸っぱいのは身体を潤すんだよね。秋にはぴったりなんだろ」

「はい。その通りです」

佐保が頷くと、マサは「私だって捨てたもんじゃないだろう」というように自慢げな顔になった。

佐保が学んでいる食養生は季節と密接なつながりがある。門前の小僧習わぬ経を読むではないが、マサは勉学に励む佐保に感化されたらしく、食材と季節のかかわりに興味を示すようになっていた。

漢方医学では自然界を五つの要素に分けて考える。春は風、夏は暑・火、長夏は湿、秋は燥、冬は寒という具合である。（長夏とは中国哲学の考え方で夏と秋の間を指す。この時季の湿気が高いからで、日本の気候でいえば梅雨もしくは秋の長雨の時季にあたる）それぞれは五臓と対応していて、春は肝、夏は心、長夏は脾《ひ》、秋は肺、冬は腎《じん》の養生が重要だ。

秋は爽《さわ》やかで過ごしやすい季節だが、湿気の高い夏に比べ乾燥しがちとなる。鼻やのどが乾き空咳《からせき》が出るなど、気管支に異常が出やすく、さらには肺を傷めやすくなるので、乾燥しがちな秋に身体を潤しておくということはとても大切なのである。

「芋茎の酢の物か、確かにいいなぁ、それは」

突然、頭の後ろから男の声が降ってきて、佐保は振り返った。

「なんだぁ、いらしたんですか」

「なんだはないだろう、なんだは」

そう言って笑ったのは、医学館の賄い方を仕切っている田辺耕三郎《たなべこうざぶろう》であった。

「佐保さん、ちょっと来てくれ。渡したいものがあるんだ」

と、耕三郎は佐保を台所の中へと手招きした。土間を上がると、配膳室《はいぜん》になっていて、耕三郎が使う賄い方の机もそこの隅に置かれてあった。

「これを私に？」

「ああ、寸法が合えばいいのだが」

耕三郎が机に広げたのは、白い木綿のお仕着せであった。形は施薬係の者が着る作務衣《さむえ》の上着に似ている。袖《そで》は邪魔にならないように筒袖に仕立てられていて仕事がしやすいので、耕三郎や当番医師もよく羽織っているものだ。

「いいんですか？」

「ああ、これなら汚れても平気だろ」

耕三郎はそう言って優しく微笑んだ。

この人の笑顔はその場をいつもふわっと和らげる。歳は佐保より一回りほど上。独り身らしい。元は町医者だったが、あることで右手首から先をなくしてから、この医学館の賄い方になったという。そのあることが何なのかは、佐保もマサも知らない。耕三郎の右手の先はいつも紫色の布でくるまれていて、かなり不便なはずだが、なんでも器用に左手だけでこなしてしまうので、佐保も周りの者も耕三郎の手が不自由なことを忘れて過ごしている。

「はい！　ありがとうございます！」

佐保は押し戴《いただ》くと、さっそく袖を通した。

パリッと糊《のり》をきかせたお仕着せを身にまとうと、それだけで気持ちが改まる。身丈は腰の辺りまであるので、寒さしのぎにもなるのが助かる。

「あれ、いいねぇ、そりゃ。もう先生みたいだ、佐保先生」

洗い終わった芋が入った笊《ざる》を手に台所へ入ってきたマサが笑顔で茶化した。

「うん、そうだな。これからは佐保先生と呼ぶか」

「やめてください。田辺先生までそんな……」

佐保が慌てて脱ごうとすると、耕三郎はそっと制した。

「すまん、すまん。とてもよく似合っている。なぁ、おマサさん」

「はい。そりゃもう」

「でも……」

「形から入るのも一つの手だ。中身はおいおい合わせていけばいいのだから」

「……はい」

耕三郎は、佐保が医学館で学び始めたとき、自分が使った医学書を勉強するには必要だろうと惜しげもなく与えてくれた。そのときと同じように、このお仕着せを羽織れば仕事がしやすいだろうと考えてくれたようだ。

「ありがとうございます。大切に着ます」

「汚していいのだよ。そのためのお仕着せだ」

耕三郎は佐保の身元がわかっても以前同様に変わらぬ態度で接してくれた数少ない人の一人だ。もちろん「良かった」ととても喜んでくれたが、医学館で学び続けることも、賄い方の仕事を続けることにも何の疑念も挟まず、当然のこととして受け入れてくれているのであった。

二

きりりりり、きりりりり……。

どこかでエンマコオロギが鳴く声がする。

近頃は風がめっきり涼しくなったせいか、昼間でもよく鳴くようになった。空は青く澄み、心地がよい。汗をぬぐいながら本を読むこともなくなり、勉学にもよく身が入る――と言いたいところだが、元堅は授業中にも拘《かかわ》らず、ぼんやり外を眺めていた。

いい声で鳴くよなぁ――。

元堅はエンマコオロギが広々とした草原で鳴いている姿を思い描いていた。コオロギが鳴くのは雌を呼ぶためだと聞いたことがある。つまり求婚だ。

どこかにいる雌のために雄は美声を張り上げる――。

「……これらは妊婦へ禁忌となる。よく覚えておかねばならぬ」

さっきから立花瑞峰《たちばなずいほう》先生の講義が続いている。本草学の先生に急用ができて休講になるはずが、瑞峰が「それならば儂《わし》が」と代講をすると言いだした。名誉教授の代講となれば一段と身を入れて聞かねばいけないところだが、すでに習い終えた話が続くと、意識は別のところを彷徨《さまよ》うというものだ。

妊婦かぁ、エンマコオロギはどうやってつがうのだろう――。

「で、これの弁証だが……おい、聞いとるのか！」

いきなり頭の上に雷が堕《お》ちてきた。

「聞いとるのかと、訊《き》いておる！」

と、怒鳴ったのは瑞峰だ。

「は？　あ、はい！」

「聞いていたなら、言うてみろ」

瑞峰はぐいっと顔を突き出して来た。八十をとうに過ぎたしわくちゃの顔にギョロリとした目の眼光鋭く、どことなくエンマコオロギを思い起こさせる。

「はい。あの、そのエンマコオロギが……」

思わずそう口走ってしまった。学友たちからクスクス笑いが起きる。

当然のことながら、瑞峰の顔が一層険しくなった。

「エンマコオロギがどうしたというのだ」

「いえ、すみません！　違います。えっと妊婦の禁忌でしたよね、それは……」

「それは？」

「あの……あれです。莪蒁《がじゅつ》（紫ウコン）、センナ。それから、大黄や麻黄、桃仁《とうにん》、紅花、瞿麦子《くばくし》。これらはくれぐれも注意しなくてはなりません」

「つまりそれらは？」

「あ、はい。通経《つうけい》、理血《りけつ》（血を巡らせること）となり、下剤同様、子が流れる要因となるからです」

「うむ。そうだな」

ひとまず瑞峰が頷《うなず》いたので、元堅はほっと胸をなでおろした。

どうだ。これぐらいは授業を聞いてなくてもわかるのだ——。

少し得意気になった元堅はこう続けた。

「それから麝香《じゃこう》も要注意でございます」

麝香は、雄のジャコウジカの腹部の分泌物から得られるものだ。

濃厚な甘い香りが特徴で、今では香料のムスクとしてよく知られているが、薬用としては興奮剤、強壮剤、気付け薬などに使われる。これは子宮収縮させることがあるので、妊婦に対しては絶対禁忌であった。

「麝香のう。あれは媚薬《びやく》でもあるな」

「ええ、はい。さすがよくご存じで」

「うむ」

瑞峰はにやりと笑うと、学生たちを見渡した。

「いいか、麝香はお前らにとっても禁忌じゃ。よい匂いがする女にはようよう、気を付けねばならぬ。ふらふらっと近づくと、そりゃあ、大変な目に遭うぞ。特に、元堅！　お前のようなものが危ない。欲情は獅子《しし》身中の虫じゃ。よくよく気をつけておけ!」

そうして、瑞峰はおまけだと言いたげに、ポンと一つ、元堅の頭を小突いた。

襖《ふすま》の向こうで「カカカッ」と瑞峰が愉快そうに笑っている。名指しされた元堅が不服そうな顔をしているのが目に浮かんで、佐保はくすっと笑みを浮かべた。

佐保は台所仕事が暇なとき、こうやって襖越しに授業を聞く。聞き取りにくかったり、板書が見えなかったり、質問ができずもどかしいこともあったが、医者でもなくましてやおなごの身で、こういう形であったとしても勉学が許されているだけでもありがたいと感じていた。それに不明なことがあれば後でいくらでも尋ねればよいと瑞峰は言ってくれている。

今日の瑞峰の講義は、薬それぞれの効能と性質についてであった。薬の性質を知り、調合しないとかえって身体を傷めることになる。

佐保自身は薬を調合することはないが、薬は生薬、つまり自然に生えている植物や動物から取ったものだ。「薬食同源」「薬食帰一」という言葉があるように、古来、薬と食材はどちらも食べ物として扱われてきた。おたね人参のように薬効が際立ち、治療を目的として使われるものもあれば、山芋や百合根、葛《くず》、はと麦、よもぎ、紅花のようにごく普通に料理の材料として使うものもある。

今日の講義を佐保流に解釈すれば、薬と同じく食材にはそれぞれ性質があるから、食べ合わせにはよくよく注意が必要ということになる。

たとえば、柿は体を冷やす性質があり、同じく身体を冷やす蟹《かに》と一緒に食べるとお腹を下しやすい。「秋茄子《あきなす》は嫁に食わすな」ということわざがあるが、あれもいじわるで言っているのではなく、女性に冷えは大敵。特に子供をもうけなくてはいけない年齢の女性に、身体を冷やす茄子をあまり食べさせてはいけないのである。

逆に葛や生姜《しょうが》、葱《ねぎ》などは体を温める食材となる。全て食材にはこういう風に温寒平の性質があり、組み合わせ方によっては効果が阻害されてしまうこともあるのだ。

「ふ～、やっぱり難しい」

そう呟《つぶや》きながら佐保は立ち上がった。そろそろ夕餉《ゆうげ》の支度を始めなければいけない。だが、学べば学ぶほどに、料理への難しさを感じるようになっていた。

「必ず、病の人を救う料理人になる」

その思いは全く変わっていないが、学べば学ぶほどにちゃんとやっていけるだろうかという不安がこみ上げてくる。今日のように、妊婦には決して与えてはいけないという話を聞くとよけいだ。

思い返せば、吉原にいたころは楽だった。ただ、不調を訴える人の顔を見て、頭に浮かんでくる料理（その人に必要だと思うもの）を作っていればよかった。

だが最近は躊躇《ためら》うことが増えた。瑞峰は佐保が普段扱うような食材はよほど食べ過ぎたりしないかぎり大丈夫だと言ってくれてはいるのだが、それでも「もしも害を与えてしまったら」という考えが頭をよぎるからだ。

「ああ、駄目、駄目」

弱気になった自分を叱咤《しった》するように佐保は、両の手で頰をパチパチと叩《たた》きながら台所へ戻った。

「おっ、気合が入ってるな」

帳面をつけていた耕三郎が顔を上げて、佐保を見やった。

「気合というか、これはそのぉ……」

「ん？」

どうかしたのかと問うように耕三郎は首を傾げた。

「いえ、なんでも」

佐保は、一旦《いったん》は首を振り仕事を始めたものの、勉学への畏《おそ》れを正直に耕三郎に話してみようと思いたった。

「あのぉ、田辺先生は勉学が怖くなったことがおありですか？」

恐る恐る問いかけてみると、耕三郎は一瞬の躊躇いもなく、即座に「無論」と頷いた。

「そうなんですか！」

思わず目を丸くした佐保を見て、耕三郎は何か変なことを言っただろうかと不思議な顔をしている。

「驚くことか？　逆に学問を怖くないと言う者など、私は信じられないけどな」

どういう意味なのかと戸惑う佐保に向かって、耕三郎は微笑んだ。

「なぁ、佐保さん、知らぬことを学ぶことは面白いだろう。暇さえあれば、書物を読みたい。私ならそうだった」

「はい、私も」

と、佐保は頷いた。学び始めた当初はただただ面白く、無我夢中であった。

「一つ学べば一つ、二つ学べば二つ賢くなっていく。それが楽しくてしようがない。だがな」

と、耕三郎は諭すように佐保を見た。

「それは同時に、知らなかった頃の自分にはもう戻れなくなるということだ。知らずにいれば平気でいられたかもしれない。だが、知ってしまえば畏れが出て当然だ。それでも、そこで立ち止まることもできない。学ぶべきことは多く、その道は果てしないからね」

耕三郎の言葉を聞いているうちに、佐保はどこか遠く険しい山に向かって延びる細い道に立っているような心地がしてきた。

「佐保さんは今、ちょうどその道に立ったばかりだ。畏れや迷いが出てきたということはやっとその行き先が見えてきたということだと私は思う。そして、それは悪いことではない。たとえ道の先が見えなくても、しっかりと前を向いて一歩ずつ歩いていけばいいだけなのだ」

そう言うと、耕三郎は大丈夫だというように頷いてみせたのだった。

講義が終わって廊下に出た元堅を追うようにして、学友たちが集まってきた。

「なぁ、おい」と馴《な》れ馴れしげに肩を抱いてきたのは、若槻《わかつき》という男で、その後ろにいる今戸《いまど》英之輔《えいのすけ》の取り巻きの一人であった。今戸家も多紀家同様に代々続く医家だが、大名や豪商しか診ないと決めていて、金は蔵の中にうなるほどあるらしい。

そのせいか、英之輔は背も高く押し出しも立派だが、態度や口調がいつも偉そうで、元堅は彼とその一派が苦手であった。

「聞いたぞぉ、お前、うまくやったなぁ」

「何のお話でしょう」

若槻の手からそっと身を退けながら、元堅は尋ねた。

「隠すな。ぼんやりとしていたのもそのせいであろう」

今度は横手からポンと背中を叩かれた。

「何ですか、いったい」

「隠すなって。羨《うらや》ましい奴だ」

と、別の男も元堅を小突いてきた。

「しらを切るつもりか？」

「だから、何ですか」

元堅がむっとすると、後ろにいた英之輔が一歩前に出て他の者を退かせた。

「おい、失礼があってはならぬ。督事（館長）を継ぐかもしれぬ御方だぞ。のう、元堅どの。我らは友として祝いをしたいと思っているのだ」

英之輔は元堅がこれまで目にしたことのない親しげな笑みを浮かべている。

友だと思ってもいないくせに、いったい何を考えているのか――その笑顔を見ていると、なぜかざらざらした布で頬をなでられているような気がしてくる。

「祝い？　それに督事がどうのとは何のことやら」

「違うのか？　嫁を貰《もら》って多紀家を継ぐと聞いたが」

「やめてください。どこからそんな話……」

と、頭《かぶり》を振った元堅だったが、「あっ」と小さな声を上げた。使用人たちがこそこそとそんな話をしているのを彼もまた耳にしたことがあったからだ。

それは兄夫婦にいまだ跡取りとなる男児が生まれていないからで、分家を構えるはずの元堅がいまだ実家暮らしなのは、このまま兄の後を継がせるつもりなのではないかというのである。

「心当たりがあるという顔ではないか。やはりそうなのだろう？」

英之輔は重ねて尋ねてきた。

「分家は興すことにはなっていますが、嫁を貰う話など何も」

「おかしいなぁ。お前が聞いた話と違うではないか」

と、英之輔は傍らの若槻を見た。

「そんな。私はちゃんと聞きましたよ。あの賄い方の娘を嫁にして医学館を継ぐのだと」

若槻はむきになってそう英之輔に言い募ってから、元堅へ向きなおった。

「佐保だよ、あの廓育《くるわ》ちの。近頃、武家娘のようななりをしているのがその証拠だろう」

「廓育ち」と言うとき、若槻は少し声を潜め、淫靡《いんび》な笑みを浮かべた。

「おい、失礼だぞ、そんな言い方は」

と制した他の連中もニヤニヤと嫌な笑い方をした。

ああ、そういうことか――連中の考えていることがさすがの元堅にもわかった。

佐保が来た当初、彼らはしきりに彼女の素性を聞きたがった。元堅は必ず否定していたが、佐保が「廓育ち」ということはどこからか漏れて、学生たちをざわつかせ、あらぬ妄想を掻《か》き立てていたのだ。

まったくもってゲスな奴らだ。

「まことに失礼です」

元堅は思い切って、彼らを精いっぱい睨《にら》みつけた。

「佐保さんは、本草学の佐島平三郎先生のお嬢さまなのですよ」

佐島は医学館でも特別講義を行い、学生たちの中で知らぬ者はいない。

「えっ！　そ、それはまことか！」

案の定、若槻はしまったという顔になった。

「ええ、まことです。嫁にもらうなど、佐保さんと私はそのような仲ではありませんし、そんな話は一切ございません！」

普段、反抗的な態度を取らない元堅が強気に出たので、若槻は少し怖気《おじけ》づいたようであった。

「……そ、それはすまぬ。怒るなよ、私の早合点だったようだ」

若槻は「すまぬ」ともう一度言って、頭を下げた。他の者もオロオロとすまなそうな顔になった。だがその中で英之輔だけは妙に落ち着いていた。

「ふーむ。なるほど、そういうことか。なればますます都合がよいではないか」

「何の都合がいいと言うのです」

むっとしたままの元堅に向かって、英之輔はふっと笑って顔を近づけた。

「佐島先生は水戸の殿さまからのご信頼も篤《あつ》いと聞く。そのお嬢さまであれば、嫁候補として十分ではないか」

すると、若槻は調子よく勢いを取り戻し、相槌《あいづち》を打った。

「確かに。話が出ていない方が不思議というもの。佐保どのはあのとおり愛らしい器量だし、いずれ縁談は矢のように降るでしょうな」

「だろ？　私なら他へもっていかれるぐらいなら、一も二もなく口説きに行くが」

と言ってから、また英之輔はじっと元堅の顔を覗《のぞ》き込んだ。

「ま、元堅に女を口説けというほうが無理か」

ハハハと英之輔たちは愉快そうに笑うのであった。


その頃、佐保が「廓育ち」と揶揄《やゆ》された吉原では焼けた楼閣の建て直しが大急ぎで進められていた。

俗に火事と喧嘩《けんか》は江戸の華といわれるが、江戸の町はよく大火に見舞われた。吉原も何度も全焼の憂き目に遭い、その度復活を繰り返している。

今回起きた火事は、切り見世と呼ばれる最下級の女郎屋が並ぶ羅生門河岸《らしょうもんがし》から出たもので、吉原の八割方を燃やし尽くして鎮火した。佐保の第二の生家ともいえる大見世玉屋もまるで御殿のように立派であった楼閣が全焼してしまったが、幸いにも死者は出さずにすんでいた。

「ああ、違う、違う。そこは以前とは違う材でやってほしいんだ。費用はかかってもいいってお願いしたはずだ」

玉屋の惣領《そうりょう》息子颯太《そうた》は建築現場に立ち会って、大工相手にあれこれと指示をしていた。今回の火事の後、颯太の父で玉屋の主人である山三郎《さんざぶろう》は、めっきり白髪が増えた。かつては歳の割には若々しく、色街らしい色気に溢《あふ》れたところがあったのに、急に老け込んでしまったのだ。手塩にかけた花魁玉紫《おいらんたまむらさき》が良縁を得て落籍《ひか》され、吉原を出たのも追い打ちをかけたようだった。

今回の再建に際しても、「お前の好きにすればよい」と、颯太に任せっぱなしだ。もう隠居でもする気かと、そんな父を寂しく思いながらも、颯太は新しい玉屋を自分なりに造ることに遣《や》り甲斐《がい》も感じていた。

破風造りの屋根がある外観を変えるつもりはなかったし、基本的な造りは昔からのものを踏襲させたが、内装は女たちの考えも取り入れ、使い勝手良く、そして何より客を愉《たの》しませるものにしたい——考え出すときりがなかった。

颯太を子供時分から知っている遣り手のお梶《かじ》と男衆の清蔵《せいぞう》は、そんな様子がおかしいらしく笑った。

「笑うなよ」

「笑っちゃいません、うれしいんですよ」

そう言われると、背中の辺りがこそばゆくてならない。二人に言われなくても颯太自身、苦笑いしてしまうのだ。少し前まで遊郭に生まれたことへの反発を感じてどう生きていけばいいのかと悩んだこともあったのに、今ではこの廓をどう再建すればよいか、そればかりを考えている。

火事の際、炎の中から玉紫を救い出したときもそうだった。廓の女は商品だと言い聞かされて育ったが、颯太にとって廓の女は大切な家族も同然だ。逃げ遅れたと聞いた瞬間、身体が勝手に動いてしまったのだ。

なんとか年内、できれば十一月には廓での営業を再開させたい。そう思って急がせているせいもあるのだろうが、大工たちはまだ若い颯太の意向をなかなか汲《く》んでくれない。颯太も舐《な》められまいと必死だが、大工の中には露骨に違うことをする者もいて、颯太を苛立《いらだ》たせた。

大工というのはだいたいが「長いものを短くして着ている」と言われるほど、気短な連中が揃っている。簡潔に要点を言わないと、どんどん勝手に仕事を進められてしまう。最初は遠慮しながら注文していた颯太もきちんと自分がやりたいことを具体的に言わなければいけないとわかってきたところだ。もちろん、嫌な奴ばかりではなく、言葉を尽くせばわかってくれる者もいる。

雅吉《まさきち》という大工もそういう一人で、歳が近いということもあるのだろうが、颯太の意を汲んでなんとか工夫しようとしてくれる。

「わかりました。後はやっておきます」

雅吉の仕事ぶりは丁寧だし、無駄口は叩《たた》かない。朴訥《ぼくとつ》な人柄がそうさせるのか、若いながらも棟梁《とうりょう》からの信頼も厚く頼りになる。

「ああ、雅吉さんがいてくれて助かるよ」

と、そう声をかけて、颯太が踵《きびす》を返したときだった。

「颯さん！」

飛びつかんばかりに駆け寄ってきたのは、船宿月屋《つきや》の雇い女・小夜《さよ》であった。月屋には良い料理人がいるので、玉屋では仕出しをよく頼んでいた。その縁で知り合った女だ。颯太より二つばかり年上、切れ長の目とほっそりとした首が印象的な女である。

「この時刻なら、こっちかなぁと思って」

小夜は嬉《うれ》しそうに言って、颯太の腕に自分の腕をからませた。

「おい！」

颯太は急いで小夜の腕を引きはがした。周りの大工たちの目が気になったからだが、雅吉は見て見ぬふりをしてくれていた。

小夜は少し拗《す》ねた顔になったが、すぐに、

「ねぇ、今日はゆっくりできないの?」

と訊《き》いてきた。

「無理だ。深川《ふかがわ》にすぐ戻らねぇといけねぇ」

「少しぐらいいいじゃない」

「駄目だ。オヤジに呼ばれてる」

深川に戻らなくてはいけないのは本当だ。玉屋は建て替えがすむまでの間、深川八幡宮《はちまんぐう》近くの料理茶屋を借り切って、仮宅営業を行っている。深川は吉原に比べて足の便が良いし、仮宅は料金も安い。気楽に遊べるとあって、大変繁盛していた。

颯太はそこの仕切りも任されているので忙しい。だが、「オヤジに呼ばれている」というのは嘘だ。

小夜のことは嫌いではない。ちょっかいを出したのも自分の方からだ。ぎりぎりのところで踏みとどまっているような危うさに心惹《ひ》かれたのだ。姐御《あねご》肌であっさりとした気性の良い女だとも思う。だが、火事の後ぐらいから、うるさいばかりにまとわりだした。

最初は火傷《やけど》の手当に始まって、それからは食事の支度やら着物の繕いやら、頼みもしないのに、世話女房よろしくやろうとする。心配してくれるのはありがたいし、嬉しくないこともないが、こう毎度ではうざったくもなる。で、素っ気ないとは思ったが、ついつい嘘をついてしまったというわけだ。

「駄目なの……」

と、今みたいに上目遣いの寂しそうな目で見られるのが一番困る。なんだかとっても悪いことをして責められている気分になってきて、余計邪険にしたくなる。

「駄目も何も……だいたい会おうなんて頼んじゃいねぇ」

思わず、そんな言葉が口をついた。

「颯さん！」

小夜の声を吹っ切るように、颯太は駆けだしていた。

三

ふーっと大きく一つため息をついてから、志津《しづ》は空を見上げた。夕陽が空を茜色《あかねいろ》に染め始めている。澄み切った青が、橙色《だいだいいろ》から茜へと変わっていく。この時間が志津は何より好きである。だが、さきほどから口をつくのはため息ばかりだ。

「あ……」

目の前に何やらおかしな姿のトンボが現れた。雄と雌が一つに繋《つな》がってまるで連れ舞いのように飛んでいるのだ。

「はぁ……」

志津はまた一つ、ため息をついた。

今朝のことだ。

「聞いた？　元堅さまに佐保さんを妻合《めあ》わせるってお話？」

「そうか。それで大奥さま、あんなに気合を入れてらっしゃるのか」

「そうだよ。このままじゃ、どうしようもないものねぇ」

「佐保さんに跡継ぎを産んでもらわなきゃねぇ」

使用人たちがこそこそとそんな話をしているのを聞いてしまった。

跡継ぎという言葉は鋭い棘《とげ》となって、志津の胸を刺した。

この時代、嫁として跡継ぎを産むのは最大の使命であり、誰もそれについて否を唱えることはなかった。それに、嫁げばすぐに子は産まれるもの――志津は微塵《みじん》の疑いを持つことなく、そう思っていた。志津には二つ年上の姉と一つ下の妹がいた。二人ともに嫁いだ翌年には子をなしていた。しかも二人ともが跡継ぎとなる男児を産んでいるのだ。

多紀家から縁組の話が来たときは嬉しくてならなかった。それというのも、志津にとって元胤は初恋の御方——ひそかにあこがれていた人だったからだ。家が近いこともあり、学問所の帰りなどに元胤が学友たちと歩いているのを何度か目にしたことがあった。元胤は率先して前に出る人ではない。いつも物静かに他の人たちが楽しげに話すのを一歩引いて観ているようなところがあった。だが、彼の涼やかな顔立ちは女心をときめかせるのに十分であった。話をすることはおろか、目が合うことも滅多になかったが、彼と会った日は、たとえすれ違っただけでも、その日一日、幸せな心もちで過ごせた。

元胤さまの許《もと》に輿《こし》入れできるなんて夢のようだ。なんと果報なことか——。

ただ、不安もあった。元胤の母、稀代さまは良妻賢母の鑑《かがみ》、とても厳しい人だという評判であった。そのような方がなぜ自分に白羽の矢を立てたのか、いくら考えてもわからなかったからだ。

家柄は釣り合っていたし、互いに問題があるわけではない。ただ、志津の姉も妹も目鼻立ちのはっきりとした華やかな顔立ちで、近所でも評判の美人であった。姉は聡明《そうめい》で何をしてもそつがなく、妹は笑顔が愛らしく、誰からも好かれた。だが、間に挟まれた自分はといえば、不器用なところがあり習い事は姉に負けてばかり、せめて妹のように愛らしく笑ってみようとしても恥ずかしさが先に立つ損な性格であった。

「お前は色が白いのが取り柄だから」

実家の母はよくそう言っていた。誉められているのか、それとも慰められているのか——日によって、志津の心は揺れた。そしていつしか、「私は色白だけが取り柄」そんな風に思い込んでいた。

「大丈夫。あちらが、お前が良いとお望みなのだから」

周りからそう言われるたびに戸惑いが増した。

怖い。でも、元胤のことを思うと、この夢のようなお話を失いたくない——。

幸いなことに、つつがなく婚礼は進み、夢は現実になった。恋しい人の妻と呼ばれる立場になれたのである。想像していたとおり、元胤は穏やかで優しい人柄であった。時に気弱に思えることもあったし、仕事一筋で医学のことになると、他は目に入らなくなることもあったが、それらは相手を思いやる心に長《た》けているからで、誠実さの証《あかし》に思えた。

すぐにでも元胤さまそっくりの男の子を産みたい。産めるはずだ——。

姉を見ていた志津は難なくその使命を果たせると思っていた。多紀家の人たちもそれは同じだったはずだ。姑《しゅうとめ》の稀代は婚礼の夜、こう言った。

「志津どの、どうか早く良い男の子を産んでくださいね」

「はい！」

志津は、稀代からの期待が心から嬉《うれ》しく思えた時もあったのだ。だが、一向に子ができる気配がないままに四年の月日が流れ、期待は重圧に変わった。

元胤と仲が悪いわけではない。

『二十歳は四日に一度三十歳は八日に一度房事ある可《べ》し』

これは多紀家の家訓ともいえる「養生歌」の一首である。全八十一首、元胤の祖父にあたる六代目の元徳が詠んだもので、内容は飲食、起居、房事など全般に及ぶ。

嫁いできて初めてこの歌を聞かされたときには恥ずかしくてならなかった。なんてことを決めているのだとすら思った。だが、真面目な元胤は欠かすことなく、この養生歌を頑《かたく》なに守っている。さすがに月のものがあるときは除くが、あとはまさしく夜のお勤めと言いたくなるほど、規則正しい。あれだけ守っているのだから、浮気をしたことはないと言い切れる。

なのになぜ、子を授かることができないのか――。

「嫁して三年子なきは去れ」屈辱的な言葉だが、それが当たり前とされていた時代のことだ。いつ離縁を言い出されてもおかしくはない。だが、不思議なことに稀代は何も言わない。だからこそ余計に志津の心は落ち着かず、食は細くなり、眠りも浅く、月のものも滞りがちであった。

そこへもってきて、今朝の話だ。弟の元堅に嫁を迎えて跡継ぎを作る。そういう考えが姑の稀代に芽生えたとしても不思議ではない。

それに佐保は明るく健気《けなげ》な娘だ。やってきた当初は廓育《くるわ》ちが気にかかりもしたが、一所懸命なところは認めている。素直な娘だとも思う。ただ、曇りのない目をして誰に対してもまっすぐなのが、今の志津には少し眩《まぶ》しすぎる。

「はぁ……」

また一つ、ため息が出た。

このままではこの家に私の居場所はなくなってしまうのではないだろうか――。

「今日は芋の炊き合わせなのね」

運ばれてきた夕餉《ゆうげ》の膳《ぜん》を見て、稀代が満足げな声を上げた。

「残り物ですみません」

と、佐保は正直に言って頭を下げた。

厚揚げと一緒に煮た里芋と、ほんのり淡い紅色に染まった芋茎《ずいき》の酢の物は医学館で余ったものを盛ったものだ。

「いえいえ、これで充分ですよ。ねぇ」

と、稀代は上座に座っている元胤に目をやった。

「はい。ではいただきましょう」

元胤は軽く膳に頭を下げてから、箸《はし》に手をつけた。元胤が一口食べるのを待って、元堅や志津、稀代も食事を始めた。それを見てから末席に座った佐保も箸を持った。これまでは給仕役として一緒に食べることはなかったのだが、やはり稀代の考えで、佐保も多紀家の家族と一緒に膳を囲むようになっていた。

「よく味が染みていること……」

里芋を食べた稀代が佐保に微笑んだ。佐保は稀代が食べやすいように、煮上がった里芋を一口大に切ってから盛り付けていた。里芋はぬめりがあり、箸でつまみづらい。先に酢水で下茹《ゆ》でするとぬめりが取れるのはわかっていたが、それではあっさりと上品すぎて、里芋本来の味から遠のく気がする。

「芋はこのぬるっとしたところがよいのよね」

稀代の満足げな表情を見て、佐保はほっとした。

「それはそうですが、もう少し味は濃いほうが、飯には合います」

元堅はそんな文句を言いつつ、飯をかっこんでいる。

「いや、『食物はこなれ易くて柔らかに味わい淡き品のみぞよき』だよ」

と応じたのは元胤だ。これも養生歌の一首だ。濃い味付けよりも薄味を良しとするという教えである。

「それにこの酢の物も歯ごたえが良い」

元胤が同意を求めるように傍らの志津を見たが、志津は小さくため息をついただけであった。酢の物はむろん、里芋の煮物にもほとんど口をつけていない。もともと食が細い人だが、今日は一段と顔色も悪い気がして、佐保は心配になった。

「お口に合いませんか？」

「いえ、そのようなことは」

佐保の問いに志津は素っ気なく答えた。里芋は胃弱な志津のような人にこそ食べて欲しいものだ。血の巡りもよくなるし、解毒作用があるので、便通にも良い。

「芋は脾《ひ》胃《い》に良いと申します。お通じにも効きますし、是非お召し上がりを」

と言いかけた佐保に向かって、志津が小さな声でこう呟《つぶや》いた。

「……押しつけがましい」

一瞬何を言われたのか、佐保はわからなかった。

「えっ……」

それはその場にいたほかの者も同じだったようだ。一瞬、皆ぎょっとした顔になって、場が凍り付いた。当の志津も自分がひどいことを言い放ったことに気づいたようで、慌てて口を押さえた。

「あはは、佐保、お通じに良いなどと、食事の場で言うからだぞ」

元堅がわざと笑い声をあげて、その場を和ませようとしたが、誰も笑う者もなく、場は固まるばかりであった。

志津は居たたまれないとばかりに箸を置き、元胤と稀代に向かって頭を下げた。

「申し訳ありません。少々疲れております。先に休みとう存じます」

「そうか。わかった」

元胤が頷《うなず》くと、志津はそそくさと席を立ち、部屋を出て行ってしまった。

「……すみません、私」

出過ぎたことをしたと謝る佐保に向かって、元胤が首を振った。

「こちらこそすまぬ。あれは近頃何やら気が立っているのだ」

そう言ってから、元胤は「どうしたらよいものか」と独り言のように呟いた。

「どうもこうも。気づいていたのであれば、外へ連れ出してあげればよいものを」

と、稀代が口を開いた。

「女があのような物言いをするときは気晴らしが必要ということです」

「さようで」

「ええ。近頃の志津どのは私の目から見ても沈んでいるように思えます。『身のうちの主は心よ一身の安危はぬしの心にぞある』ですよ」

身体を司《つかさど》っているのは心。心の持ちようがその人の身体を危うくもする――これもまた「養生歌」の一首であった。

「そうですね。わかりました」

と、元胤は素直に頷いた。それから、稀代は佐保へと向き直った。

「どうか気にしないようにね。これまで通りでよいのですからね」

「……はい」

稀代にまで気を遣わせてしまったことに気づいて、佐保は深々と頭を下げた。

片付けを終えて佐保は庭に出ていた。虫の音は秋が深まりつつあることを教えてくれている。風もひんやりとして、どこか物哀しい。

「あ〜あ」

稀代には気にしないようにと言われたが、やはり気になってしまう。

私のやっていることは押しつけがましいのだろうか――。

考えれば考えるほどに、胸の奥が重く苦しくなってくる。

「ううん」

と、佐保は首を振った。

迷いや畏《おそ》れが出ても勉学の道に後戻りはないと言われたばかりではないか。

今、自分がやれることをやらなくては――。

佐保は無理やりでも、頭を切り替えることにした。

夕餉を召し上がらなかった志津さまはお腹が空《す》いているはずだ。

「何か作って差し上げなくちゃ」

佐保は志津の顔を思い浮かべた。もともと色白の方だが、青いほど透き通り、目は暗かった。稀代が言ったように気鬱《きうつ》が始まっているのだろう。どうせなら気巡りにもよくて、血の気を補えるようなものが良いだろう。漢方では心は血脈と神明（精神・神経）を司っているとされる。その養生には、血から連想されるように赤い食材が良い。

「赤いもの……そうだ、クコの実！」

ちょうど薬草園で熟したクコの実を取り入れたばかりだったことを佐保は思い出した。クコは古くから「不老長寿の源」と呼ばれる薬用樹である。低木で葉も根も茎も実も使うことができる。夏頃、愛らしい薄紫色の五弁の花が咲き、やがて、少し尖《とが》ったサクランボのような鮮紅色の実をつける。この実を乾燥させたものは枸杞子《くこし》と呼ばれ、生薬として用いるが、もちろん、食事に使ってもよい。（ちなみに、葉を乾燥させたものは枸杞葉、根を乾燥させたものは地骨皮《じこっぴ》と呼ばれ、いずれも生薬となる）血の流れを良くし、強壮、疲労回復、目のかすみなどに良いとされる。

「ナツメもあったはず」

と、佐保は呟いた。クコが小指の先ほどの小さな実であるのに対し、ナツメは親指ほどの大きな実で、クコ同様に赤い色をしている。干したものを生薬では大棗《たいそう》と呼ぶ。クコもナツメも女性の味方として知られ、特にナツメには鎮静効果があるとされる。干しナツメは甘く、菓子の材料にすることもあり、食べやすいものだ。

佐保は一人、よしと頷き、台所へと踵《きびす》を返した。不思議なことに、料理のことを考えているだけで、胸の奥が軽くなった気がする。

すぐに米を洗い、小さな土鍋《どなべ》に入れてクコやナツメと一緒に炊き始めたときであった。元堅がのそっと台所に姿を現した。

「……何を作ってるんだ？」

「これですか？　御粥《おかゆ》です」

「粥？　何粥だ？」

鍋を覗《のぞ》き込もうとした元堅に向かって、佐保は釘《くぎ》を刺した。

「元堅さまのじゃありませんよ。志津さまのですからね」

「別に私は」

食べようと思っているわけではないと、元堅は首をすくめた。

「何か御用ですか？」

「用というか、そのぉ……」

元堅はもごもごと何か言った。

佐保は料理の邪魔をされているような気がしてきて、少し物言いがつっけんどんになった。

「何でございますか」

「何っていうか……お前は気楽だな」

「はい？」

「あんな嫌みを言われても、まったく気にも留めずにいられるなんて感心する」

「気にしていないわけではありません」

「でも、義姉上《あねうえ》のために作っているではないか」

「それは」

と一瞬、佐保は答えに詰まった。

「……度量の狭いことをしたくないだけです」

「ほぉ。それはそれは、殊勝なことだ」

元堅は小憎らしい言い方で、佐保をからかった。

「もうぉ、邪魔でございます。御用がないのでしたら、お帰りを」

佐保は犬でも追うように、元堅に素っ気なく手を振った。

「なんだ、その言いようは。ああ、もういい。わかった」

元堅は怒ったように言うと踵を返し、あっという間に出て行ってしまった。

「何がもういいよ、おかしな方」

部屋に戻ろうとした元堅もまた、廊下で立ち止まり、小さく悪態をついた。

「なんだ、人がせっかく」

元堅は懐から紙包みを取り出した。

紙包みにはさらりと一筆で、梅一輪と「紅」の一文字。中身は元堅の大好物、『紅梅屋《こうばいや》』の塩豆大福である。元堅は、佐保が落ち込んでいるにちがいないと、自分の好物をやるつもりだったのだ。

元堅は舌打ちをすると、塩豆大福に手を伸ばした。

こんなに旨《うま》いものをやろうとしたのに、あいつと来たら、まったくもってけしからん奴だ——。

「何が、度量が狭いことを、だ」

文句を言いつつ、頬張った。やわやわの白い餅《もち》皮にこれでもかと混ぜられている蒸し赤えんどうの塩味、そしてたっぷり入った餡《あん》の甘み。それぞれが個性的で旨い上に、口の中で混ざったときのこの幸福感と言ったら——。

「……ああ、これだよ、これ」

元堅にとって、この塩豆大福は、苛々《いらいら》としたときの特効薬だ。甘い餡子が舌の上から脳天に向けて、溶けていくように、食べているだけで嫌なことは全て消えていく。食べ終わり、ふわっとした余韻に浸っていたときである。

「こんなところで何をしているのです」

いきなり、横手から稀代の声がして、元堅は泡を食った。立ち食いをしたところを見られて、お小言が飛んでくると思ったからだ。

「あ、これは母上。あの、その別にこれはですね」

元堅は慌てて、口の周りを手で拭《ぬぐ》い、餅粉が飛んでいないか確かめた。気づいているのかいないのか、稀代は平然とした顔で、「少しよろしいですか」とだけ言って踵を返した。ついてこいというのだろう。別に悪いことをしたわけでもないはずだが、まるでお説教をされるときのように、元堅はすごすごと稀代の後に従った。

稀代は自分の部屋に元堅を招き入れ、座らせた。

「元堅どの、一応、念のために聞いておきたいのですが」

と、稀代は改まった口調で前置きをして、元堅の目をじっと見た。

「な、なんでしょうか」

「どなたか、心に決めたお相手がありますか？」

「心に決めた相手……というのはそのぉ」

「いないとは思うのだけど、一応です」

いかにも形式だというように、稀代は微笑んだ。

「いるのですか、いないのですか？　正直に言ってよいのです。こちらにも心づもりがあります」

「それって、そのぉ……」

「今年中に嫁を決めようと思っています」

やはりその話か……。元堅はごくりと唾《つば》を飲み込んだ。

「いい加減、父上のご遺言を守らなくてはね。わかっているでしょう?」

「はい……」

父の遺言とは、分家を興して兄を支えよということであった。

「きちんと分家を興すまでは、私は肩の荷を下ろせませんからね」

「それは私も常々、いずれはちゃんとご遺言を守らねばと日々精進を」

稀代は本当かしら? とでも言いたそうな顔をしている。

「精進しているのなら結構な話です。で、どうなのです?」

「どうと言われましても」

元堅の頭の中でほんの一瞬、佐保の顔がよぎった。

「いないならいないで構わないのだけれど、元胤どののように、後から言い出されても困るから聞いておくのです」

と、稀代が奇妙なことを言った。

「お待ちください。兄上は義姉上よりもお好きな相手がいたということですか」

思わず身を乗り出した元堅を見て、稀代はとんでもないことだと首を振った。

「違います。よそで決めようとしていたのに、志津どのでなければいやだと言い出したのですよ。この話、お前も知っていると思っていました」

「いえ。そうだったんですか！　へぇ、そうか、そんなことがあったのか」

兄の元胤は若い頃から勉学一筋、恋のこの字も知らない人だと思っていたのに、意外な話を聞いたものだ。こりゃ愉快だと元堅は思った。

「兄上は義姉上のどこに惚《ほ》れたんですかね？　どこがいいんだろう」

元堅は首を捻《ひね》った。元堅にとって志津は少々取っつきにくい相手だ。表情が読めないというか、何を考えているのかよくわからない。

「下世話なことを」

口にするなと、稀代は小言めいて呟《つぶや》いてから、「そうねぇ」と首を捻った。

「人には相性というものがありますからね。お前には良いところが見えなくとも、元胤どのにとってはかけがえがないということがありましょう。逆もしかりです」

「はぁ」

「ともかく、夫婦というものは、長く共に暮らしていかねばなりません。家柄や育ちも大事ですが、私は互いを思いやる心が芽生える相手でないといけないと思っているのですよ」

稀代は、だからこそ元胤の意向を大切に取り計らったのだろう。

「なるほど」

と、元堅は頷《うなず》いた。

「で、兄上の最初のお相手とはどちらの方で」

「そのようなことはどうでもよい。今はお前の話です。どなたかいるの？　いないの？　どうなの？」

「どうと言われましても……。母上はどなたかアテがおありなのですか？　そのぉ、それは佐保だったりしますか」

「佐保さん？　まさかお前、佐保さんが気になっているの？」

意外なことを聞くというように稀代は少し驚いた顔になった。稀代の中で佐保は嫁候補として全く眼中になかったということだ。

「いえ、ち、違います。そんなことは全く」

元堅は滅相もないと、顔の前で手を振ってみせた。

「まことですか」

「はい。あんなけしからん奴……いいえ、天地神明に誓って、私は何も、何もありません」

否定すれば否定するほどに、何やら嘘をついているようなおかしな具合だ。

稀代も疑り深そうに元堅を凝視していたが、やがてふーっと息をついた。

「ま、仮にお前がそうでも、佐保さんが首を縦には振らないでしょうしね」

「そうですよ、ハハハ……え？　母上それって」

ひどい言い方だと元堅は抗議しかけたが、稀代は微笑み、軽くいなした。

「わかりました。では私の方で元堅どのに相応《ふさわ》しい、しかるべき方を考えましょう」

「……えっ……はぁ」

「よろしいですね」

重ねて念を押され、元堅は「よろしくお願いします」と頭を下げたのであった。

母の部屋を辞した元堅は、ふーっと大きく息をついた。

「なぁんだ。佐保じゃないのか」

元堅はいやいやと首を振った。

なぜ今、佐保の名前が口をついたのだ？　違うだろ。

「母上が私に相応しい嫁を考えると仰せになったではないか」

白分で言い聞かせるように呟いてから、元堅は急に顔が赤らむのを覚えた。

〝嫁〟ああ、なんと甘美な響きなんだろう――。

まだ決まってもいない花嫁の姿を思い描いて、元堅は頰を緩ませたのであった。

四

佐保が医学館での仕事を終えて多紀家へ戻ると、家の中が何やらざわついていた。

「さっさと動いて。ああ、でも音を立てずに。それから、誰か、お城にお知らせに行ってちょうだい」

などと、女中頭の芳が、使用人たちにこまごまと指示を与えている。

「何かあったのですか？」

佐保が尋ねると、芳が「ああ助かった」と息をついた。

「ついさきほど若奥さまがお倒れになったのよ」

「え！」

志津は眩暈《めまい》を起こして、芳たちの前で倒れたらしい。とりあえず、布団に寝かせたものの、どうしようかと案じていたところだという。あいにく今日は、元胤は江戸城出仕の日であったし、稀代も元堅をお供に出かけているという。

「瑞峰先生を呼んできます！」

佐保は駆けだした。

ほどなくして、瑞峰を連れて戻った佐保は志津の寝所に急いだ。

「お騒がせして申し訳ございません」

か細い声で志津が謝った。布団から起き上がろうとするのを佐保が手伝った。志津の顔は青白く、声も弱々しいが意識ははっきりしているようで、佐保は少しほっとした。

「病人が謝るものではない。さ、脈を診て進ぜよう」

瑞峰に促されて、志津は腕を差し出した。瑞峰は丁寧に脈を取りつつ、問診を始めた。

「食が進まぬと聞いたが」

「はい……何やらこの辺りがつかえます」

と、志津が喉元《のどもと》を押さえた。

「どれどれ」

瑞峰は志津の舌や瞼《まぶた》の裏を丹念に診ていたが、次に腹診を始めた。

一つ唸《うな》って、瑞峰は目を閉じた。

「ふーむ」

「先生？」

心配になった佐保が声をかけたが、瑞峰は気づかなかったのか、「さてさて、どうしたものか」と独り言のように呟いた。

「志津どの、最後に月のものがあったのはいつかな」

「それは……かれこれ、ふた月ほど前になります」

「なるほど」

「何か、障りがあるのでございましょうか。ご遠慮なくおっしゃってください」

と、志津が不安げに尋ねたときであった。廊下から急いでやってくる足音が聞こえてきた。

「志津、大事ないか」

と言いつつ、障子を開けたのは元胤であった。知らせを聞き、急いで戻ってきたようであった。元胤の顔を見て、志津はほっとした笑顔を浮かべたが、すぐに「申し訳ございません」と手をついて謝った。

「何を謝る」

「お仕事の邪魔をいたしました」

「案ずるでない」

と、元胤は志津を気遣うと、瑞峰に向かって一礼した。

「先生、お手間をとらせました」

「いやいや、この程度手間というほどのことではない。ちょっとよいかな」

そう言うと、瑞峰は元胤の耳元で何か囁《ささや》いた。みるみる元胤がうろたえた顔になった。

「まことで……」

「まことも何も。お前としたことがわからんかったのか。覚えがあろうが。ないとは言わせんぞ」

そう言うと、瑞峰はドンと元胤の背中を叩《たた》いた。

「は、はい……なんだ、そうか、そうだったか」

元胤の頬は緩み、瑞峰も何やら嬉《うれ》しそうな顔をしている。病人を置いてきぼりにして、枕元で男二人してにやけているのが佐保には腹立たしく思えてきた。

「いったい何でございますか、お二人して」

「察しの悪い奴じゃのぉ。こういうことにはお得意の勘が働かぬようだな」

と、瑞峰はおかしそうに微笑んでいる。

「あのぉ、私はいったい何の病で」

と、志津が不安げな顔を元胤に向けた。元胤は優しく志津の手を握りしめた。

「志津、いいんだ。良かった。本当にありがとう」

「旦那《だんな》さま……」

戸惑う志津に向かって、瑞峰が高らかにこう宣言した。

「できたのじゃよ。そなたの腹にはこいつの子が。めでたい！　めでたい話ではないか！」

「えっ……」

志津は言葉も出ない。

「気づくのが遅れた。すまぬ」

と、元胤は志津を見つめ返した。それは佐保が見たことのない、この上もないほどに優しい笑顔だ。その顔を見つめる志津の目からみるみるうちに涙が溢《あふ》れてきた。

「馬鹿だな、泣く奴があるか」

そう言っている元胤の目もうっすらと濡《ぬ》れている。

「嬉しいのです。嬉しいのです……」

志津は泣きながら笑っている。元胤も嬉しそうだ。二人を見ていた佐保にも嬉しさがこみ上げてきた。

「おめでとうございます」

「ああ。ありがとう」

礼を言う元胤の顔は喜びにあふれていた。見守る瑞峰も目を細めている。

「志津どの、これからは赤子の分もきちんと食べねばな。佐保さん、頼んだぞ」

「はい！」

佐保は張り切って応じた。

場が和み、みながほのぼのとした笑顔になっているところへ、廊下から稀代の甲高い声がした。

「どういうことです！　ご出仕の途中で帰ってくるとは」

「それが……若奥さまがお倒れで」

芳がおろおろと説明している声がした。

「入りますよ」と声がして、稀代が志津の寝所に入ってきた。瑞峰まで来ていることに一瞬たじろいだが、仲睦《なかむつ》まじい元胤と志津を見て小言が始まった。

「何事ですか。元胤どの、妻の具合が悪いぐらいで大事なお勤めを放り出してくるなど」

「よいではありませんか、母上」

取りなそうとしたのは、後ろからついてきていた元堅だ。だが、

「お前は黙っていなさい」

と、稀代から一喝され、元堅は口をつぐんだ。

「むろん、病人を診るのは大事なこと。けれど、ご出仕はご出仕。身内のことは父上も後回しになさいましたよ」

元胤は怒り続ける母の前に手をついた。

「あいすみませぬ。しかし、母上、お喜びください。子ができたのです」

「謝ってすむことでは……え？　今、なんと？」

聞き返した稀代に向かって、元胤の代わりに瑞峰が答えた。

「子ができたのじゃよ。お前さんの孫が」

「まぁ！」

と、稀代はその大きな目を見開いて、元胤と志津を交互に見た。

「そりゃ、本当ですか！」

と、元堅も目をぱちくりさせている。佐保は「本当ですよ」というように、元堅

に微笑んでみせた。

稀代は元胤と志津に向かって手をついた。

「ようやってくれました。本当によう……あっ！」

稀代は息を呑《の》むと、そそくさと立ち上がり、そのまま席を立った。

「母上？」

追おうとする元胤を瑞峰が制した。

「仏間じゃろ」

その言葉どおり、しばらくして鈴《りん》の鳴る音がした。

「……ご先祖さまもお喜びじゃろうて。無事に生まれてくるようにご加護を願っているのだろうよ」

瑞峰がしみじみと呟《つぶや》いた。


待ち望んだ跡継ぎが生まれてくる——この吉報は多紀家から医学館にもすぐに伝わった。

「これ、若奥さまに。良い魚が手に入ったんで」

「おめでとうございます。こんなもんで申し訳ないけど、うちは野菜だけが自慢なんでさ。食べてくださいまし」

　これまで元胤に世話になった病人やその家の者たちが、口々にそう言って食材を持ってくるようにもなった。

「ありがとう。気を遣わせましたね。必ず食べさせましょう」

　稀代は一人一人に丁重に礼を言い、ありがたく食材を受け取っていた。

　佐保や女中頭の芳も、それらの食材を余すことなく使おうと頭をひねって、あれこれ料理を作ったのだが、肝心の志津のつわりが酷《ひど》く、まったく食べてくれない。いや食べようとは試みるのだが、すぐ吐いてしまうのである。それは見ていて気の毒なほどで、もともと虚弱で細身の志津はますます痩《や》せていった。

「なんとかしてやってちょうだい」

　稀代に言われるまでもなく、佐保も頭をひねり、ああでもないこうでもないと献立を試してみたが、上手《うま》くいかない。魚のたぐいは煮ても焼いても生臭いと言って箸《はし》をつけることができないし、炊き立ての飯も、匂いを嗅《か》いだだけで吐いてしまう。

　今、志津が何とかまともに食べられるのが梅干か蜜柑《みかん》ぐらいなのだ。梅干は医者いらずと言われるほど滋養に富み、蜜柑も胃腸の働きを助け胸がつかえがちな妊婦にはお勧めではあるが、毎日毎食それだけというわけにもいかない。

「どうしたらいいんだろう」

医学館での台所仕事をしながらも、佐保は志津に何を食べさせればよいのか、そのことが頭から離れず、ため息をついていた。

「つわりはしんどいからねぇ、まぁ、そのうち治まってくるさ」

二人の子を産んだ経験があるマサは心配ないと言う。だが、あのまま何も口にすることができず、子に障りがあったらと思うと佐保は気が気でならない。

「でも、なんとしてでも、食べていただかねば！」

「元気になってもらいたいってのも、わかるけどさ」

「そんなに無理に食べさせなくてもよいのではないかな」

田辺耕三郎はのんびりとそんなことを言う。

「えっ……」

「先生、そんな元も子もないようなことを」

と、マサが苦笑した。

「すまぬ、すまぬ」

と、耕三郎は申し訳なさそうに微笑んだが、すぐにこう問いかけてきた。

「なぁ、佐保さん、人にとって一番大切なものはなんだと思う？」

「一番大切なものですか……」

なんと答えればよいのだろう。佐保は迷った。

父、母、家、友、仕事……どれも大切だけれど、どれが一番なのか——。

「私はね、命だと思う」

と、耕三郎は言った。

「その命をはぐくむために料理がある。佐保さんが病人のために食事を作るのも命を守るためだろう」

「はい。でも、それだと、やはり食べていただかねば」

「うむ、それは正しい。正しいが」

「だったら……」

まぁ、聞きなさいというように、耕三郎は微笑んだ。

「人にはね、本能というものがある」

「本能？」

「誰に言われるわけでもなく、教えられたわけでもなく、持って生まれたものとでも言えばいいかな。たとえば、高い崖《がけ》の上など足がすくむ。火を目の前にすると避けようとする。危ないと咄嗟《とっさ》に身体が動くだろ。誰から教えられたというわけでもなく、命を守る術《すべ》を身体は知っているんだ」

　何を言いたいのだろうと、佐保は思った。

「つまりな、食べられないときは、身体が要らないと言っているのかもしれない」

「身体がそう言うのですか」

「ああ、一概には言えないけれど、そういう考え方もできるということだよ。逆に食べたい、飲みたいということは、身体が欲しているということ。夏場、汗をかくと水や塩気があるものが欲しくてならないようにね」

「それはそうかもしれませんが……」

佐保はまだ納得できずにいた。すべてのことを身体が教えてくれるのだろうか。

「それに、つわりというものは、子が安定すれば自然と治まることが多い」

佐保の疑問に答えるかのように、耕三郎がそう言った。

「そうそう」

と、マサも大きく頷《うなず》いた。

「私もそうだったけどさ、ある日突然、げーげー吐いていたのが嘘みたいに終わって、今度はいくら食べてもおなかが空《す》いて仕方なくなったりするんだよ」

「ではそれまで待った方がよいと？」

「だって案ずるより産むが易しってよく言うじゃないか。ねぇ、先生」

と、マサが耕三郎に同意を求めた。

「ああ。それに志津どのは賢い御方だ。自分の身体のことはきっとあの人なりに考えておられる。腹の御子のために食べねばいけないということもわかっているはずだ。だが、身体が受け付けない。今、一番苦しいのは志津どのではないかな」

佐保はハッとなった。確かにそうだ。一番苦しいのは志津さま。私ではない。

耕三郎は重ねてこうも言った。

「私にも覚えがあるが、いくら正しいことでも、いや、正しければ正しいほど、言われた方はそれができないことに苛立《いらだ》ちが募る。情けなく苦しくなってしまう」

「はい……」

佐保は小さく頷いた。思えば今まで自分が正しいことをしているという思いだけで突っ走ってきた。それが相手に苦痛を与えているなど考えたこともなかった。

「ねぇ、先生、あれですかね」

と、マサが耕三郎を見た。

「若先生が何かというと大福、大福ってお食べなのも、身体が欲しがっているってことですかね？」

「そうだな。あれもなぁ。見方を変えれば、元堅どのの中では必要なのかもしれない。何かを補うためにね」

「でも、それで、病気になってしまっては」

と、思わず佐保は口を挟んだ。

「元も子もない。愚かだと思うか？」

「はい」と、佐保は頷いた。

『嗜《たしな》めばとて同じ品のみ食すれば、偏気積もりて病とはなる』でございましょう？違いますか？」

好きだからといって、同じものだけ食べるような偏食をしていては、病気になる
――これも多紀家に伝わる「養生歌」の一首であった。

「過ぎたるは及ばざるがごとし。確かに愚かな話だ。だが、人というものは愚かなところがあるからこそ、愛《いと》おしい。私はそう思う」

「そりゃそうだ。うちの死んだ亭主も駄目なとこが可愛い人でしたよ」

マサが即座に相槌《あいづち》を打ってみせた。

「駄目なところが可愛いんですか？　嫌だったんじゃなくて」

と、佐保は尋ねた。

「やだよ、恥ずかしいじゃないか」

と、マサは佐保の肩をポンと叩《たた》いた。まるで生娘に戻ったようなはにかんだ笑顔を浮かべている。

「佐保さんにはまだ少し難しいのかもな」

耕三郎は微笑んでから、ふっと遠い目になった。

「ねぇ、先生のいいお人って、どんな方だったんです？」

と、マサが耕三郎に尋ねた。

田辺先生のいい人って――。

佐保もなんと答えるか気になって、思わず、耕三郎の顔を覗《のぞ》き見てしまった。

「私？　いや、私のことは……」

耕三郎は「あっ」とわざとらしく声を上げて、立ち上がった。

「瑞峰先生に頼まれていたことを忘れていたよ。後は頼みます」

そう言うなり、耕三郎はそそくさと台所を出て行った。慌てた姿がおかしい。

「あれれ、逃げられちゃった。絶対、ご自分のことはお話しにならないもんね」

残念だとマサは肩をすくめて、佐保に笑いかけた。

五

それから三日ほど経った日のことである。

「これで何か作ってやってもらえないかしら」

そう言って、稀代は佐保に小さな籠《かご》を差し出した。中に入っていたのは鶏の卵が五個。いずれも産みたてらしく、つやつやと光っている。

「まぁ、こんなに」

「ええ、要蔵《ようぞう》さんがね、持ってきてくれたのよ。いただきものだからご遠慮なくなんて言っていたけれど、きっとお勝《かつ》さんがそう言わせたのね」

要蔵お勝夫婦は医学館出入りの鰯《いわし》売りである。棒手振《ぼてふ》り行商から身を起こして、今は浅草《あさくさ》の向こう花川戸《はなかわど》で小さな店を構えている。仲が良いくせに、ちょっとした誤解から夫婦別れをすると言いだしたとき、稀代が間に入ってとりなした。夫婦はそのことをとても感謝していた。子ができずに悩んでもいたのだが、ようやく子宝に恵まれて、六月に真吉《しんきち》という男の子が産まれたばかりであった。

卵は大変貴重なもので、庶民の口にそうそう入るものではなかった。ゆで卵を売る行商はいたが、一個二十文もした。そのころ、かけそばは一杯十六文、元堅の大好きな塩豆大福は一個四文だったから、高級品だったのである。

「きっと、志津さんのことを思って手を尽くしてくれたに違いないのよ」

鰯ならお手のものだろうが、志津は今、魚が食べられない。そのことを知って、何かよいものはないかと探したのであろう。

「せっかくのものだから無駄にしてはバチがあたるし」

そう言いながら稀代は心配げに志津の寝所の方へ目をやった。今日は特に気分が優れないらしく、床についているのだ。

「さようですね。何か良いものを考えてみます」

と、佐保は籠を押し頂いた。

卵は命の源そのもの。子を育《はぐく》む妊婦には絶対良いはずであった。

さて、どう料理するのがいいのだろう……。

台所に戻った佐保は卵を一つ一つ、丁寧に陽の光にかざしてみた。思ったとおり、いずれも新鮮なものだ。ヒナになりかけているようことはない。

やはり今のうちに茹《ゆ》でておいた方がいいだろうか……。

「お、卵か！」

声がしたと思ったら、元堅であった。いつの間にやってきたのか、元堅は無遠慮に籠の中に手を突っ込み、卵を一個摑《つか》んだ。

「あっ……」

止める間もなく、元堅は何を思ったか、鍋《なべ》の縁に卵をコツンとぶつけた。

「何をなさるんですか！」

「えっ！」

元堅が呆然《ぼうぜん》とした顔になった刹那《せつな》、ヒビが入ったところから、つーっと白身がこぼれ出てきた。

「もうぉ！」

佐保は慌てて、手近にあった碗《わん》で割れた卵を受けた。

「すまぬ。茹でてあるのだとばかり……」

元堅は平謝りになったが、許せるものではない。

「茹でてあったら、食べてよいと思われたのですか！」

「よいというか、そのぉ、ま、一個ぐらいはいいかなぁと……そんなに怒るなよ」

悪気はなかったのだと言いたげだ。

「出て行ってください！　御用もないのになんです！　むやみに台所へ殿御が立ち

入るものではありません！」

佐保は思い切り元堅を睨《にら》みつけると、追い出した。

「本当に、邪魔ばっかり」

元堅の姿が見えなくなっても、腹立ちが収まらない。

「どうしよう……」

全部流れ落ちなかっただけでもマシだが、一個の半分は無駄になってしまった。

つぶれてしまった卵を眺めながら、佐保は一つため息をついた。

「よし、こうなったら」

そう独り言《ご》ちると、佐保はほかの卵に手を伸ばした。

「そう、巻き卵にしたのね」

夜の膳《ぜん》が出来上がった頃、稀代が台所まで様子を見に来た。

「何がよいかと迷ったのですが、以前、お芝居にご一緒した折、お弁当の巻き卵を美味《おい》しそうに食べていらしたことがありましたので」

「そういえば、そうね」

と、稀代も頷《うなず》いた。

巻き卵は今でいえば卵焼きのこと。江戸時代は焼鍋を使う料理が少なかったが、巻き卵だけは人気で、専用の焼鍋（卵焼き器）も売られているほどだった。ただし、だしをたっぷり使っただし巻き卵は一般的ではなく、味付けは塩か砂糖のみだった。

巻き卵は単純なようでいて焦がさないようにきれいに巻いて作るのは難しい。火加減を少しでも間違えると、卵は巻けずに煎《い》り卵になってしまう。コツは焼鍋にたっぷりと油を馴染《なじ》ませることだ。

「美味しそうね」

と、稀代は巻き卵に少し顔を近づけた。柔らかい春の日差しのような色合いに仕上がっていた。

「……胡麻《ごま》の香りがするようだけれど」

「はい。食欲が出ればと」

普通なら、胡麻の香りは食欲をそそるものだ。だが、今の志津にとってそれが吉と出るかは神のみぞ知るだ。佐保は志津の膳として他にナツメ粥《がゆ》と青菜の漬物を添えてみた。稀代は女中頭の芳に命じて、この膳を志津の寝所へ運ばせた。佐保は自分が持っていって押しつけがましく思われてはいけないと遠慮した形だ。

「食べてくれるとよいのだけれどね」

「はい……」

と、稀代と佐保が案じながら待っていると、しばらくして、

「大奥さま！」

と、慌てた様子で芳が戻ってきた。

「お召しあがりになられましたよ！　美味しいってそう仰せで」

芳が下げた膳を見ると、なるほど巻き卵は綺麗《きれい》に平らげられていた。

「まぁ！　吐き気は？　吐き気はないって？」

「はい。お口に合ったようです。これなら毎日でも良いとそうおっしゃって」

「ああ、良かったこと」

芳の声も弾んでいた。

稀代はほっと一安心だと胸をなでおろし、佐保にこう命じた。

「佐保さん、これから毎日でもいいですからね。作ってやってちょうだい」

「は、はい……ですが」

「何？」

「お作りしたいのは山々ですが、新鮮な卵はなかなか手に入りませんし」

「確かにね……」

稀代はため息をついて少し考えていたが、

「私にいい考えがあります」

と、にっこり微笑んだ。

「手に入らないのであれば、飼えばよいのです！」


コケコッコー、コケコッコー！


「うわぁ！」

一声上げると、元堅は飛び起きた。朝の冷気が身体にまとわりつく。まだ外は薄暗いのに、鶏は元気な声を上げて、起きろ起きろと騒がしい。

飼うと決めると、稀代は早かった。郊外の農家に頼んで、雄鶏一羽に雌鶏四羽を分けてもらう手はずを整え、次の日にはもう鶏が多紀家の庭にいた。そしてその翌日から、元堅は早起きになった。というか、ならざるをえなかった。というのも、なぜか鶏小屋は中庭の元堅の部屋にもっとも近い場所に置かれたからだ。

「なぜ、ここなんですか」

と、稀代に文句を言ったが、

「『黄帝内経《こうていだいけい》』にいわく、秋は収斂《しゅうれん》の季節。鶏と同じように早寝早起きするのがよいのでしょう」

と、すまし顔でかわされてしまった。

『黄帝内経』とは東洋医学の思想、養生を著した古典中の古典だ。伝説上の黄帝という帝王とその師が語り合うという形式で、人と天地、宇宙、自然とのかかわりに基づく養生が綴《つづ》られている。漢方を学ぶ者にとって、基本中の基本ともいえる名著であった。

その中に、秋は万物が成熟し収穫される季節で、大地にも静粛《せいしゅく》な気配が漂うから、早寝早起きをして心安らかに、陽気をひそめて養生すべしという項目があるのだ。さらにこれに背くと肺が痛み、冬には下痢がちになるとも書かれていて、冷えると腹を下しがちの元堅はぐうの音も出ないのであった。

元堅の腹立ちをよそに、雄鶏は毎朝毎朝元気に朝を告げ、雌鶏も競うようにせっせと卵を産む。健気《けなげ》というか勤勉というか、しかし、これまた「しっかり見習え」と言われているようで、元堅には腹立たしい。とはいえ、時折元堅も産みたて卵の恩恵にあずかることができた。この贅沢《ぜいたく》は一度覚えてしまうと捨てがたく、鶏を飼うなとはとても言えない。

元堅が鶏の賑《にぎ》やかな声を聞きながら、布団にしがみついていると、外から、佐保の明るい声が聞こえてきた。

「今日も元気だね。さ、ご飯ですよ。よしよし、……」

佐保は鶏相手に何やら話しているようだ。

「そろそろ起きてやるか」

そう独り言ちて、元堅は布団をはねのけた。


佐保が鶏小屋から出てくると、元堅があくびをしながら部屋から顔をのぞかせた。

「おはようございます」

「えらく早いな」

「はい。今日も気持ちのよいお天気ですよ」

小さく挨拶《あいさつ》をして、佐保は手に持っていた産みたての卵をさっと後ろに隠した。

前のように取られてはかなわない。だが、元堅は気づかなかったのか、ポリポリと頭を掻《か》きながら、「これを」と一冊の本を佐保の前に差し出した。

「何でございますか？」

「いつもいつも、巻き卵ばかりでは芸がなかろう」

そう憎まれ口を叩《たた》くと、元堅は読めとばかりに本を佐保に押し付けた。実は先日、馴染みの本屋でみつけ、思わず手に入れてしまったものであった。

佐保は慌てて、卵を持っていない方の手で受けた。

本の表紙には『万宝料理秘密箱《まんぼうりょうりひみつばこ》』とある。

「……これってもしかして、卵百珍」

「知っていたか」

「はい！　もちろん」

と、佐保は頷《うなず》いた。

『万宝料理秘密箱』は料理本である。初版は天明《てんめい》五（一七八五）年、作者は京の器《き》土堂《とどう》主人、つまり陶器屋の主人が書いたということになっている。内容は、鳥、鱧《はも》、蒲鉾《かまぼこ》、蛸《たこ》、あえもの、海老《えび》、諸魚、貝類など材料ごとに料理法が紹介されているのだが、中でも一番多く枚数を割いているのが卵料理で、百種類以上も紹介されていることから、別名『卵百珍』とも呼ばれる。この百珍というのは、『豆腐百珍』という料理本から広まった名付け方で、どんなものでも百珍とつけるのが流行《はや》ったのである。なかでもこの『卵百珍』も評判が良く、何度も版を重ねていて、佐保が読んでみたいと願っていた書物の一つであった。

「ありがとうございます！」

礼を言うのもそこそこに、佐保は本を開いた。

金糸卵、銀糸卵、かもじ卵、五色卵、紅焼卵、青海卵……目次を見ているだけでも心が躍る。どんな料理法なんだろう——。

「京で流行りの料理が載っているらしいぞ」

何やら元堅が声をかけてきたようだが、佐保はもう文字を追うのに精一杯であった。すぐにでも試してみたい料理ばかりだ。

台所へと踵《きびす》を返した佐保の後ろから、元堅の叫ぶ声が聞こえた。

「おい！　旨《うま》いのができたら食べさせろよな。なぁってば！」


「で、何を作ります？」

女中頭の芳が興味津々という顔で佐保を見た。

「これにしようかと」

と、佐保は本を見せた。

「寄せ卵？」

「はい。溶いた卵とだしを混ぜて、蒸すとあります。簡単そうでしょ」

金箔《きんぱく》粉や銀箔粉を使った金糸卵・銀糸卵はちょっと手が出ない。五色卵、紅焼卵は生臙脂《しょうえんじ》という赤い着色料が必要になる。鍋墨《なべずみ》を使うかもじ卵か、青菜の汁を使う青海卵ならできそうだが、なるべく卵そのままの料理にしてみたかった。その点、寄せ卵なら、卵液一合に対して、だし一合半を混ぜ合わせ、上に汁気がなくなるまでよく蒸せばよいとあるだけだ。（この方法での出来上がりは今でいえば、卵豆腐のようなもの。ただし、『万宝料理秘密箱』の中にある『卵豆腐』は豆腐と卵を混ぜて蒸すものとして紹介されている）

「なるほど、いいですね」

芳は頷いたものの、すぐに少し困った顔になった。

「京風のだしねぇ……昆布はそうそう使えないし」

だしは日本料理の要である。古くは鎌倉《かまくら》時代の書物に「だし」の言葉が出てくるし、室町時代の料理書にも鰹節《かつおぶし》によるだしの取り方が記述されている。

やがて蝦夷地《えぞち》から昆布が入ってくるようになると、大坂《おおさか》では昆布だしがよく使われるようになる。昆布は北前船で大坂へ運ばれ、のちに江戸に下ってくるため、上質なものはなかなか入手しづらく、また、水質の違いから、江戸では鰹節の方が旨いだしが取れると好まれていた。それでも、寛永《かんえい》二十（一六四三）年に出た『料理物語』には、精進料理のだしとして、鰹と昆布の合わせだしが紹介されている。

ただ、鰹節にしても昆布にしても高級品であることには変わりなく、日常的には、もっぱら宗田（メジカ）節やサバ節などの雑節だしが用いられていた。

多紀家でも鰹節を使うのは正月や節分などのハレの日の料理に限られていて、実を言うと、佐保も鰹節と昆布の合わせだしを使ったことがなかった。

「いつものおだしでもなんとかします」

そう言うと、佐保は料理に取り掛かった。別に料理本に決められた通りに作る必要はない。料理はその場にあるもので工夫するほうが楽しい。

佐保は宗田節を使って濃い目のだしを取り、干しシイタケの戻し汁を加えることにした。上品さには欠けるかもしれないが、旨味と香りはよいはずだ。醤油《しょうゆ》を加えてひと煮立ちさせてから一旦《いったん》冷ます。あとは卵液とまぜ、すが立たないようによく火加減を注意し蒸し上げるのだ。

挿絵がないから、出来上がりを想像しながら作るしかなかった佐保は、茶碗《ちゃわん》の中に入れて蒸すことにした。すると、何も具のない少し固めの茶碗蒸しのようなものが出来上がった。

「できたけど……」

これでよいのかを尋ねたくて、佐保は医学館の台所へ向かった。賄い方を仕切っている田辺耕三郎は京の出身だ。きっと本物を食べたことがあるに違いない。

「味見をお願いしたくて」

と、佐保は、耕三郎の前に先ほど蒸しあげた碗を差し出した。

「ああ、いいよ。これは何？」

「寄せ卵を作ってみたんです。京風のものとは違うでしょうか」

「寄せ卵……」

耕三郎が少し戸惑ったような顔になった。

「へえ、美味《おい》しそうだねぇ」

と、耕三郎の横からマサが顔を出した。

「良かったら、おマサさんもどうぞ」

と、佐保はもう一つの碗をマサに差し出した。

「いいのかい？　本当に？　じゃあ遠慮なく」

と、マサは碗に手を伸ばした。

「うわぁ、おだしが効いてること」

そう言って、マサは旨そうに頬張った。だが、耕三郎はというと、何を躊躇《ためら》って
いるのか、碗を手に取ろうともしない。

「先生、どうぞ」

と、佐保は耕三郎の目の前に碗を差し出した。

「これが……寄せ卵だというのか」

耕三郎はぽつんと呟《つぶや》いた。

「……はい。本の通りには作ってみたんですけど、何か違いますか？」

だが、耕三郎からの返事はなかった。それどころか、佐保を見ることもなく、その顔からはいつもの笑顔が消え、眉間《みけん》にしわを寄せた怖い顔になった。目の奥が冷たい……。佐保は思わず手を引っ込めた。こんな耕三郎を見るのは初めてであった。

それはマサも同じだったようで、食べていたものを思わずごくんと飲みこんだ。

「あ、あつっ」

「だ、大丈夫ですか、おマサさん」

盛大に咳《せ》き込むマサを見て、佐保は慌てて甕《かめ》に水を汲《く》みに行った。

耕三郎は、はっと我に返ったようになり、「……すまぬ」と、小さく呟くように言うと、出て行ってしまった。

「……はぁ、びっくりした」

水を飲んでようやく落ち着いたマサがそう言いながら、佐保を見た。

「先生、どうしたんだろうね」

「さぁ……」

佐保もわからず、首を振るしかなかった。

台所を出た耕三郎は一人、薬草園の中にいた。紫苑《しおん》の花が満開だ。鬼の醜草《しこぐさ》などと呼ばれることもあるが、薄紫色の小花は可憐《かれん》だ。風に乗って微《かす》かな芳香がしてきた。別名、思い草、十五夜草とも呼ばれる花だ。

耕三郎の口から、ふーっと深いため息が漏れた。

「綾《あや》……」

別れた妻の名だ。寄せ卵は綾の得意料理であった。耕三郎を裏切り、男と逃げた妻の……。

あれから五年、忘れようとして忘れられず、それでも断ち切ろうとして生きてきた。そのつもりだった。だが――。

耕三郎はきつく唇を噛《か》んだ。あのときの灼《や》けつくような痛みが蘇《よみがえ》ってくる。

耕三郎の右手は手首から先がない。濃い紫の布で包まれているだけだ。薄紫の紫苑の花の中で、その濃い紫だけが禍々《まがまが》しく浮かびあがった。

綾は薄紫の小袖《こそで》が良く似合う女だった。

あのときの右手はもう戻るはずのない女の袖を摑《つか》んだままだ――。

六

数日後、佐保の姿は待乳山聖天《まつちやましょうでん》裏の月屋にあった。瑞峰から、月屋の料理人の中に京で修業した者がいるはずだと聞いたためである。

月屋のある場所から土手八丁《どてはっちょう》と呼ばれる日本堤《にほんづつみ》を行けば、かつて佐保が暮らしていた吉原へと至る。いわゆる吉原への通い道だ。月屋は吉原通いの客目当ての船宿だが、旨《うま》い料理を出すことでも有名で、玉屋ではここの仕出しを贔屓《ひいき》にしていた。

佐保は勝手口から中をうかがっていた。厨房《ちゅうぼう》はとても忙しそうで声をかけるのが憚《はばか》られた。

どうしよう。せっかく来たのだし、このまま帰るのも――。

悩んでいたところに背後から声がかかった。

「あれ、もしかして佐保さん？」

声の主は小夜であった。佐保は振り返り、慌ててお辞儀を返した。

「見違えちゃったよ。どこの御武家のお嬢さんがいるのかと思ったよ」

「こんにちは。ご無沙汰《ぶさた》しています」

「ううん、こちらこそ。あ、そっか。父上さまが見つかったんだよね」

「えっ、ええ」

どうして知っているのか、尋ねようとした佐保に小夜は、「ちょいと小耳に挟んだからさ」と、先に答えた。

「良かったね」

「はい。ありがとうございます」

と、佐保は素直に応じた。

「で、今日は何の用だい？　私に用でも？」

「そうではなくて、実は……」

佐保は、料理のことで訊《き》きたいことがあるから、京で修業した料理人がいるのなら会わせて欲しいと頼んだ。

「京の……ああ、作蔵《さくぞう》さんのことか」

心当たりがあるらしく、小夜はすぐに料理人の名を口にした。

「少し面倒くさい人なんだよね。頑固っていうか、職人肌で口が重いっていうか。

ああ、でも、大丈夫。私から頼めばなんとかなるって」

「すみません。助かります」

と、佐保は頭を下げた。

「ううん、いいんだよ、そんなこと。いいんだけどさ……ねぇ」

と、小夜は佐保に一歩近づきこう言った。

「代わりって言ったらなんだけど、私の願いも聞いてくれる？」

「私にできることでしょうか」

「あんたなら、簡単なことだよ」

と言ってから、小夜は少し恥ずかしそうに微笑んだ。

「あの人の好物が知りたいんだ。ねぇ、教えておくれよ。何が一番好物なんだい？

あの人」

「あの人って、……ああ」

小夜は颯太の気に入る食べ物を知りたがっていたのである。

「男は胃袋を掴むのが一番だってよく言うだろ、頼むよ」

小夜はそう言って佐保の目の前で首を傾げながら手を合わせた。

「好物って言われても」

佐保は口ごもった。吉原の玉屋にいたころ、颯太にもよく食事を作った。だが、いつだって、颯太は喜んでくれなかった。美味しいなんて言われた覚えもない。脚気《かっけ》に罹《かか》って死にそうになったときだって、佐保が作るものは嫌がってばかりいた。

「あんた幼馴染《おさななじみ》なんだろ。知らないはずないじゃないか。ねぇ、ねぇってば」

小夜は焦《じ》れてせっついてきた。だが、言われても何も思い浮かばない。

「でも、颯ちゃんは私の作ったものなんか食えるかって、いつもそう言って、だから……」

佐保の答えをおしまいまで聞かずに、小夜はぷいと横を向いた。

「なんだい。佐保さんて、案外意地が悪いんだね。教えたくないんなら、はっきりそう言えばいいじゃないか！」

「えっ、そんな」

「もういい。頼まないよ。じゃあね、帰っておくれ。忙しいんだよ、これから」

そう言うと、小夜はまるで蝿でも追い払うように手を振った。

「そうじゃなくて、本当に私は」

だが、小夜は佐保を押しのけるようにして勝手口から中へと入ってしまった。

「ちょっと待って、小夜さん……」

返事の代わりに、戸が佐保の鼻先でぴしゃりと閉められたのであった。

当然、料理人に会えるはずもなく、佐保はとぼとぼと家路につくしかなかった。

そうして、浅草寺《せんそうじ》まで戻ってきたときだった。

ワンワン……聞き覚えのある鳴き声がしたと思ったら、真っ白な犬が、走り寄ってきた。

「ゆき！　ゆきじゃないの」

日本橋《にほんばし》にある呉服商白丸屋《しろまるや》の飼い犬、ゆきだ。ゆきは嬉《うれ》しそうに佐保にまとわりつき、クーンクーンと鼻を鳴らした。もう仔犬《こいぬ》ではない。良いものを食べているせいもあるのだろう、手足も鼻も伸びて、艶《つや》やかな白毛が美しい、惚《ほ》れ惚《ぼ》れするような美しい犬になっている。

佐保は以前、白丸屋吉兵衛《きちべえ》の一人娘お鶴《つる》の病を癒《いや》した。その折、この真っ白な犬も一役買った。それ以来、佐保とお鶴は大切な友と呼び合う仲となったのだ。

「ねぇ、お前、ご主人さまはどうしたの？」

ゆきは返事の代わりに佐保の手をペロペロと舐《な》めてくる。

「よしよし」

佐保がゆきをなでていると、お鶴が現れた。大奥お出入りの豪商の一人娘とあって、見事な刺繍《ししゅう》入りの振袖《ふりそで》姿だ。その後ろには乳母のゑいの姿もあった。二人とも急いで走ってきたのか、息が荒い。

「佐保さん！　やっぱり佐保さんだったのね。ゆきったら、急に走り出すものだから慌てたのよ。ねぇ、元気だった？」

「はい。お鶴さんも！」

友の顔を見て、それまで落ち込んでいた佐保の顔もぱっと明るくなった。

それから二人は、近くの甘味処に入った。久しぶりに会ったのだから、話したいことがいっぱいあると、お鶴が強引に誘った形だ。

「ねぇ、どうしていたの？　今日はどちらに？」

お鶴から問われるままに、佐保はさきほどの小夜とのやりとりを話した。

「ちょっと何それ」

お鶴が顔をしかめて、ふくれっ面になった。

「私の言い方も悪かったのかもしれないのだけれど……」

「そんなことない」

お鶴はぴしゃりと言い放った。

「だいたい、颯太さんの好物なんて、あの女に教えてやることないもの。でしょ」

「うん……まぁ」

「何が、案外意地が悪いよ。意地が悪いのはどっちよ！　ねぇ、でしょ！」

「う、うん……」

佐保が何も言えなくなってしまうほどに、お鶴は憤慨していた。好物のあんみつが運ばれてきたというのに、手をつけようともしない。

そっか……。

以前、芝居小屋で、颯太と小夜が一緒にいるところも目撃した際、お鶴が恐ろしいばかりの目で小夜を睨《にら》んでいたことを、佐保は思い出した。

初めて颯太を紹介したときも、お鶴は耳まで真っ赤になっていたっけ……。

「ねぇ、聞いてる？」

「うん、聞いてる。聞いてます」

「ほんといけ好かない。あんな女に教えることないんだからね。教えるなら私に」と言いかけて、お鶴は「嘘よ、嘘。冗談だから」と慌てて首を振ってみせた。頬がほんのり赤くなっている。恥じらうお鶴の様子はまさに恋する乙女だ。

やはりお鶴も知りたいのだ。颯太のことを――。

「ねぇ、京の料理人だったら、私に任せておいて。おとっつぁんに聞けばいいことだもの」

「でも、そんな白丸屋さんのお手を煩わすのは」

「申し訳ないとでも言うの？　水臭い」

「けど、よく考えてみたら、その料理人さんにも何もお礼ができないなって」

お礼もできないのに、コツを教わりたいなど厚かましいことを頼もうとしていたことに、佐保は思い至っていた。

「そんなこと、気にしなくていいと思うけれど……」

お鶴はそう呟《つぶや》いたが、佐保はやはり駄目だと首を振った。

「ありがとう。でも自分でなんとかしてみるね。心配かけてごめんなさい」

「いいけど、謝らないでよ」

「ねぇ、今度、颯ちゃんの好物、訊《き》いてみようか」

「えっ……ヤダ、そんなつもりで言ったんじゃないから」

「わかってる。聞けたらってだけだから、ね、食べよう」

そう佐保が言って微笑むと、お鶴も微笑み、やっと安心したようにあんみつを頬張り始めたのだった。

　翌日、佐保は稀代から要蔵お勝夫婦への届け物を頼まれた。卵を贈ってもらったお礼である。夫婦は花川戸で小さいながらも表通りに店を構えている。店の前で焼いて出す鰯《いわし》が評判で、近頃では甘辛く炊いた佃煮《つくだに》なども扱うようになっていた。

「こりゃ、わざわざすみません」

　お勝は元気な声で佐保を迎えてくれた。充実している様子は顔色を見ただけでもわかる。赤ん坊に乳をやる姿も堂に入ったもので、もうすっかり肝っ玉母さんという感じだ。要蔵は鰯を焼き、大鍋《おおなべ》で小魚を煮てと相変わらず黙々と仕事をしている。お勝は「うちの人は不愛想で」とよく言うが、働き者の良い亭主である。赤ん坊とお勝を見守る目にも和らいだ光があり、この夫婦を見ていると、好きな人と所帯を持つというのはよいものなのだなぁと思えてくる。

「みなさま、御変わりなくお元気ですか」

「ええ。おかげさまで。真ちゃんも元気そう」

　と、佐保はお勝が抱いている真吉に手を伸ばした。ぷくぷくとした頬が愛らしくよく笑う赤ん坊である。

「お勝さんに似てるみたい」

「賑《にぎ》やかなのが好きみたいでね。そういうところは似てるかも」

と、お勝は笑った。

「これ、先に。籠《かご》をお返しするようにと、大奥さまから」

「いいのに、そんな。あ……」

籠の中に入っている蜜柑《みかん》を見て、お勝の目が丸くなった。

「到来ものですからご遠慮なく」

佐保はそう付け加えるように、稀代から言われていた。お勝は籠をありがたそうに受け取ると、要蔵に向かって掲げてみせた。

「わぁ、珍しいものを。あんた、いいものいただいたよ」

「ありがとうございます。ゆっくりしていってくださいな」

「そうしたいところだけれど」

佐保はあまりゆっくりしていけないと微笑んでみせた。いや、本当はゆっくりしてきてもよいと言われていた。だが、佐保はここの帰りに深川まで足を延ばそうと考えていたのである。

「え〜、だったら、佃煮だけでも持って帰ってくださいな。ちょうど炊き上がったばっかりだから」

お勝がそう言うやいなや、要蔵が大きなしゃもじで佃煮を掬《すく》い上げ始めた。飴色《あめいろ》に輝いた佃煮は見るからに美味《おい》しそうだ。

「助かります」

と、佐保は笑顔で頷《うなず》いた。

詰め合わせてくれた佃煮を手に、佐保は大川《おおかわ》を渡り、深川に回った。八幡宮の近くには玉屋の仮宅がある。

吉原同様、仮宅でも遊女は昼間から客を取る。近くまで来ると、客らしい男たちが下卑た笑いを浮かべながら出てくるところだった。男たちは佐保に向かって無遠慮な視線を投げかけてきた。

佐保はぎゅっと唇を嚙《か》み、男たちから逃れるように目を伏せ、小走りになった。

「あっ！」

角を曲がった出会い頭に、佐保は男とぶつかってしまった。

「すみません！」

慌てて顔を上げると、それは颯太であった。

「……颯ちゃん」

颯太と会うのは火事騒ぎ以来だ。火傷《やけど》をした颯太のために何度か薬を届けに来たが、顔を合わすことはなかったからだ。

「元気だった？　もう火傷は大丈夫？」

「ああ」と、颯太は答えてくれたものの、すっと視線を外して横を向いた。遊女の腰を抱いた客がこちらを見ている。

「……何しに来た。ここはお武家の娘さんが来るところじゃねぇ」

客の視線から佐保を隠すように颯太の背が動いた。

「近所まで来たものだから」

「だったら、もう気が済んだろ。早く帰んな」

颯太はそう言って、佐保の肩を押した。

「ちょっと待って。ねぇ、颯ちゃん、何が一番好き？」

「はぁ？」

「好物よ。何が一番好きだったかなって」

「そんなもん、聞いてどうすんだ」

「どうって……いいじゃない。教えてよ。教えてくれたらすぐ帰るから」

颯太は訝《いぶか》しげに佐保を見たが、またすぐ視線を外した。

「そうさな……お前が作らないものなら全部」

「えっ……」

「さ、教えたぜ、帰れよ、早いとこ帰れ」

そう言い放つと、颯太はさっと裏口へと身を翻したのだった。

「あんな言い方しなくても……」

医学館の台所で、竈《かまど》に火をくべながら、佐保はぽつんと呟いた。プスプスと燃え始めた炎を見ていると、さっきの颯太の顔が浮かんできた。

――お前が作らないものなら全部。

「なにさ、大っ嫌い！」

佐保は言いながら、立ち上がった。自分でもびっくりするぐらいの大きな声が出た。悲しくもあったが、無性に腹が立っていた。

「びっくりした。どうした」

「えっ」と振り返ると、目を丸くした耕三郎が立っていた。

「すみません！」

佐保は大きくお辞儀をして謝った。

「大っ嫌いって、私のことか？」

と、耕三郎が茶目っ気たっぷりに尋ねてくる。

「いいえ」と佐保は首を振ってみせた。

「違います」

「まことかな？」

「はい」

佐保が頷くと、耕三郎は佐保を優しく見つめたまま静かに腰を下ろした。佐保は
「何があったか、言ってごらん」と言われている気になった。

「……ひどいことを言う人がいるんです。好物はって尋ねたら、私が作らないもの全部って」

耕三郎はおかしそうに小さく笑った。

「笑うことですか？」

「すまん、すまん。そいつは若いだろう」

「えっ……ええ、そうですけど」

「素直ではないのだ。若いうちは」

「そうでしょうか」

「ああ、あの時もっと優しくしてやればと……。そう思う日が来るだろうにな」

そう呟《つぶや》くと、耕三郎はまたふっと遠い目をした。どこか寂しげな様子だ。

佐保は耕三郎の横顔をまじまじと見てしまった。

「ん？　どうかしたか」

見られていることに気づいたのか、耕三郎が顔を佐保に向けた。

「あ、いえ……なんでも」

佐保は慌てて目を伏せた。なんだか恥ずかしかった。

「この前はすまなかったな」

目を上げると耕三郎はいつものような柔らかな笑みを浮かべていた。

「何が……ですか？」

「寄せ卵だよ。食べもせず、悪かった」

そう言うと、耕三郎はおどけたように頭を下げた。

「いいえ。いいんです、そんな」

と、佐保は頭《かぶり》を振った。

「次また作ってみるといい」

耕三郎の声は柔らかく優しい。

「じゃ、味見してもらえるんですか」

返事の代わりに耕三郎は微笑んで頷いたのだった。

第二話　理想の殿御

一

「う～、旨《うま》い、やはりこれを飲まねば、重陽を迎えた気にならんなぁ」

さきほどから杯《さかずき》片手にご機嫌なのは瑞峰であった。杯の中は、菊酒。菊の花弁を浮かべたもので、華やかな香りが酒の匂いと混じって、なんとも芳しく、心落ち着かせる。

「どれだけ長生きするおつもりなのか」

元堅がぼそっと呟いたが、瑞峰は都合の悪いことは聞こえない主義だ。

今日は九月九日、重陽の節句。菊の節句とも呼ばれ、いにしえより、菊酒を飲むと長寿になるといわれる。実際、菊には様々な効能があり、『神農本草経《しんのうほんぞうきょう》』によれば、「血や気の巡りをよくして、身の動きを軽くする」とされ、菊花を陰干ししたものは生薬として、発熱、めまい、耳鳴りなどの症状を緩和させるとされる。食養生としては、苦みがあるのでたくさん使うのは禁物だが、茹《ゆ》で野菜や吸い物などにあしらいとして使うと彩りも良く、香りも楽しめるのだ。

多紀家でもこの日は夕餉《ゆうげ》の後、菊酒を用意するのが習いであった。

稀代自慢の中庭には大輪の菊の植木鉢が飾られていた。菊づくりは江戸では人気の娯楽の一つで、どれだけ美しい菊を作ることができるかを競う品評会も開かれていた。人の頭ほどの大きな菊の花は多紀家馴染《なじ》みの植木屋の手になるもので、今夜はこの菊花を愛《め》でながら、菊酒を味わおうという趣向なのだ。

佐保は酒の肴《さかな》として、菊花と柿の実入りの白和《しらあ》えを用意した。白和えは水切りをした豆腐とすり胡麻《ごま》、つぶし胡桃《くるみ》、味噌《みそ》砂糖などを和え衣にして、人参やこんにゃく、青菜と混ぜるのが普通だが、今回は柿の実を甘みに使い、最後に菊の花びらを散らした。旬の果実である柿は俗に医者いらず「柿が赤くなれば医者が青くなる」と言われるほどに滋養に富む。肺や心の余分な熱を取り、渇きを和らげ、喉《のど》や舌の腫《は》れ物にも効果があるとされるのだ。豆腐や胡麻、胡桃、菊花、全て滋養強壮に富むものばかりだ。

「おお、これこれ」

と、瑞峰は嬉《うれ》しそうに白和えの入った鉢を手に取った。好物なのだ。

「柿の甘みと菊のほんのりとした苦みがたまらんて」

瑞峰は元胤元堅兄弟を相手に飲む気満々だったようだが、元胤が志津の体調を気遣って早々に下がってしまったので、残ったのは瑞峰と稀代、元堅と佐保の四人という少し寂しい宴《うたげ》となった。

風もなく穏やかな夜で、縁側から眺めると、秋らしく澄んだ星空に少しふっくらとした半月が奥ゆかしく光っている。

「たまにはこうして静かに飲むのもよいではありませんか」

と、稀代が瑞峰に話しかけた。普段、酒を飲まない稀代だが、こういうときには少し嗜《たしな》む。いやその実、かなりいける口である。その証拠に瑞峰がほろ酔い加減の赤い顔をしているその横で、稀代は全く普段と変わりない表情だ。

「そうじゃな。……ああ、そういえば、元徳とそなたら夫婦と共に菊を観に行ったことがあったろう」

「染井《そめい》でございましょう。あれは見事でございましたね」

稀代と瑞峰は昔話を始めた。元徳とは元胤や元堅の祖父の名だ。稀代にとっては義理の父（舅《しゅうと》）にあたる。多紀家の私塾であった躋寿館が火災に遭って焼失した際、私財を投げうち再建し、さらには幕府直轄の医学館として認めさせた人物で、養生歌も元徳の作による。稀代はこの舅を大変尊敬していたし、瑞峰にとっても元徳は無二の友であった。

この二人が遠い昔を懐かしみ、話に興じている姿には微笑ましいものがある。笑顔の裏にどんな苦労があったのか、どんな悲しみがあったのか、佐保にはうかがい知れないが、過ぎた日々は全てを洗い流し、菊の葉に落ちる露のように、美しく儚《はかな》い思い出となっているのではないかと思わせてくれる。

佐保は二人の邪魔にならないように静かに脇に控え、その隣りでは元堅が白和えを黙々と食べていた。

「ああ、儂《わし》ばかりが長生きしてしもうたわ」

「それを仰《おっしゃ》るなら、私も……」

と、稀代が応じている。元徳も稀代の夫である元簡《もとやす》も亡くなって久しいのだ。

「たまには化けて出てくればいいものをな」

と、瑞峰が言うと、

「ご勘弁ください」

と、それまで黙っていた元堅が割って入った。

「なんじゃお前、会いたくないのか」

「だって幽霊じゃないですか」

と、元堅は首をすくめた。どうやら怖いらしい。

「だったら、夢之丞《ゆめのじょう》さんのお芝居はどうなさるおつもりです？」

と、佐保は茶化したくなった。

「むろん、行くさ。行くに決まっている」

元堅は当たり前のことを聞くなという顔で答えた。

夢之丞とは、芍薬《しゃくやく》の花のように芳しい役者と謳《うた》われる当代きっての女方澤田《さわだ》夢之丞のことだ。彼は今年三月の公演では、「本朝廿四孝《ほんちょうにじゅうしこう》」の八重垣姫《やえがきひめ》という大役を務め、あと数日で千穐楽《せんしゅうらく》というところで大川に身を投げ、舞台に穴を空けたと世間を騒がせた。幸い一命はとりとめ、すぐに医学館に運び込まれて、身投げではなく水銀中毒からくる麻痺《まひ》による事故だとわかってからも、無責任な瓦版《かわらばん》は、やれ座元との確執があったのだとか、女が原因の自殺未遂だっただとか、面白おかしく書きたてたものだった。

しかし、人の噂も七十五日、夏の間、静養に努めた夢之丞のことをもう悪く言う人はいない。その夢之丞が今月から舞台に復帰し、一昨日に初日の幕が上がったばかりであった。夢之丞は病が癒《い》えた暁には、佐保をはじめ多紀家の人たちを舞台に招待すると約束してくれていて、その言葉どおり、席を用意してくれたのである。

「演目は『雨月物語』から取った新作だと言っていましたね。楽しみなこと」

と、稀代が応じた。

『雨月物語』は上田《うえだ》秋成《あきなり》が中国の伝承などを元として起こした怪異物語で、九つの話から成る。今回、夢之丞はこの中の『菊花の約《ちぎり》』（重陽の節句に再会しようという義兄弟との約束を果たすために、自ら命を絶って、幽霊となって戻ってくるという話）と『蛇性の婬《いん》』（白蛇の化身である女に魅入られた男の話）を組み合わせた新作に挑戦するらしい。

『蛇性の婬』は、歌舞伎では御馴染みの安珍清姫《あんちんきよひめ》伝説（恋しい男安珍を追いかけて執念のあまり大蛇と変じた清姫が、安珍の隠れる道成寺《どうじようじ》の鐘に巻きつき焼き殺したという伝説）に通じるものがあり、最後は白蛇となった夢之丞の踊りが見どころだとすでに評判も上々であった。

「それにしても、こんなに早く呼んでもらえるとは思っていませんでした」

と、佐保も答えた。

「ああ、観に行くのが楽しみじゃて」

今回の芝居には、稀代、瑞峰、元堅、佐保が見物に行くことになっていた。夢之丞は元胤と志津の席も用意してくれていたのだが、妊娠中の志津は大事を取って外出は控えるということになり、元胤も城内での御用があるので辞退したのだ。

「ああ、やはりどこかに鱗文様《うろこもんよう》があるものにしたいわね」

稀代の心は、観劇のときの衣装選びに飛んでいた。「観劇は衣装選びから始まる」というのが、稀代流芝居の楽しみ方なのだ。

「佐保さんのは何がいいかしら。後で調べてみないと」

「私は以前のをお貸しいただければ」

佐保は前に観劇したときの芍薬柄の小袖《こそで》を貸してもらうつもりでいたのだが、「あれでは季節が合いません」と、稀代はにべもない。稀代曰《いわ》く、着物の柄は季節を先取りするのが粋《いき》で、芝居見物のときにはその芝居の演目や出ている役者に合わせるのがお洒落《しゃれ》ということらしい。

稀代がこだわっている鱗文様とは蛇体を表現する衣装に用いられるもので、三角形が連なった意匠となる。その歴史は古く、弥生《やよい》土器の鋸歯文《きょしもん》に原型を見ることができる。死者を悪霊から守り、近親者を守護する願いを込めて埋葬品に使われてきたものだ。呪術的効果《じゅじゅつ》を持つとされる鏡にもよく使われている。近世に入ると、鱗文や鱗文様と呼ばれるようになり、厄除《やくよ》け魔除けの他に色を反転させて連なるところから、再生の意味を表す縁起の良い柄とされている。

「いっそ、誂《あつら》えるのもよいわねぇ」

「勿体《もったい》ないです。それに今からでは間に合いませんでしょうに」

「何とかなりますよ」

稀代と佐保がやり取りしていると、

「あ〜あ、おなごは何やら大変じゃな」

瑞峰がそう呟《つぶや》いて、よっこらしょと腰を上げた。

「あら、もうお帰りですか」

「ああ。歳を取ると、小便が近くなってしょうがない」

「まぁ色気のないことを。どうせ私相手では酒もすすまないのでございましょうよ」

「さようさよう」

などと、稀代と瑞峰は楽しげに軽口を叩《たた》き合った。

「では私がお送りします」

と、元堅もすかさず立ち上がった。

「よいわ、よいわ」

「そうおっしゃらずに。ほら、もうこんなに足元が危ないではありませんか」

元堅にしてみれば、残されて稀代の相手をさせられてはかなわないというのが本音であろう。嫌がる瑞峰の手を取ると、露払いよろしく、前に立った。

「ちゃんとお宅までお届けするのですよ」

と、稀代が元堅の背に向かって、声をかけた。

「はい！」

「ではな。馳走《ちそう》になった」

瑞峰はひょいとおどけたように片手を上げると、ひらりひらり、まるで雲に浮かぶ仙人のような足取りで去っていった。

「それにしても、お席が余るなんて勿体ないですね」

そう言った佐保に向かって、稀代は「席は余りませんよ」と微笑んだ。

「実はね、さるお旗本のお嬢さまをご招待することにしたの。でも、このことは元堅どのには内密にね」

稀代は少しいたずらっぽく、口元に人差し指を立ててみせた。どうやら、驚かせたい様子だ。

あ、もしかして……と、佐保は思い当たった。

大奥さまは、元堅さまの見合い相手をお連れするおつもりなのだ――。

二

「あ～ぁ、あたしったら本当に」

小夜はぽつんと呟き、見返り柳で振り返り、廓《くるわ》の方を見やった。

男に惚《ほ》れるなんてこと、絶対しないって決めていたのに、ふとした弾みに颯太の顔ばかり思い浮かべている。

今まで寝た男は颯太だけではない。身を売って生きてきたわけではないが、素人のお嬢さんというわけではない。

小夜は貧しい農家の生まれだ。幼い頃、米だけの飯など食べたことがなかった。芋の煮ころがしがあればご馳走というような村で暮らしていたのだ。七歳のときに米問屋の奉公に出された。奉公は辛《つら》かったが、積み上げられた米俵を見るだけで嬉《うれ》しかった。手を伸ばせば米粒がある。なんと贅沢《ぜいたく》なところかと思った。

最初の男はその奉公先のお店《たな》の番頭であった。一緒になるという約束をしていたのに、男はさっさとお店のお嬢さんとの縁談に飛びついた。

「暖簾《のれん》分けしてもらえるんだから仕方ないだろう。な、お前のことはずっと面倒をみるから、許してくれ」

それが男の言い訳だった。

なにが「仕方ないだろう、許してくれ」だ。なにより腹が立ったのは、男が小夜の面倒を見ると言ったことであった。

お嬢さんにとっても、自分にとっても、それが不誠実なことだとわからない男に小夜は絶望したのだ。そして、そんな男に惚れていた自分の愚かさにも腹が立った。

小夜は無言のまま男の頰を平手打ちし、その日の夜、お店におさらばした。幸い奉公の年季はあけていて借金はなかった。だが、田舎に帰る気はなかった。どうせ別のお店に奉公にいかされるか、下手をすれば売られてしまうのがオチだからだ。

それが十七の時だった。それから一年ばかり、水茶屋や料理屋の仲居を渡り歩いた。自暴自棄になって誘われるまま男と寝たこともあったが、そのまま身を持ち崩さなかったのはたまたま運が良かっただけだ。いや、騙《だま》して売り飛ばすような男には最初から近づかなかった。なぜかそういう嗅覚《きゅうかく》だけは備わっていた。

男を信じてはいけない。惚れたっていいことなんて何もない――そう思って頑《かたく》なに生きてきた。ありがたいことに、男運はないが女運はあるようで、行く先々で、年上の女性からは可愛がられてきた。この船宿月屋で働くようになったのも、ある料亭で働いていた時に、月屋の女将《おかみ》が、小夜の客あしらいの良さを気に入って引っ張ってくれたおかげだ。それが二年前のこと。小夜は二十歳になっていた。

ちょうどその頃、月屋では仕出しに力を入れるようになっていて、廓からの注文も増え始めていた。だから、颯太のことは何度か見かけたことがあった。他の女たちが玉屋の惣領《そうりょう》の男ぶりが良いと騒いでいたのも知っている。だが、小夜は全く興味がなかった。どうせ女たちに囲まれて育ち、ちやほやされて鼻持ちならない男。それも年下の……と思っていたからだ。第一、女を食い物にする廓の男というのが気に食わなかった。だから廓への出前も極力、他の女に任せていた。

初めて話を交わしたのは、去年の秋口のことだ。屋形船を貸切にして月見を楽しむということで、颯太は常連客や遊女、幇間《ほうかん》を伴って現れ、小夜は給仕係として駆り出された。

大川に繰り出した船の中で、客たちは最初こそ静かに料理と酒を楽しんでいたが、やがて興が乗り、座が乱れ始めた。客には一人ずつ遊女がついていたのだが、相方が小用で席を外した隙に小夜にちょっかいを出す輩《やから》が現れたのだ。手を握られたぐらいなら、笑ってごまかし躱《かわ》すことができたが、突然背後から抱きすくめられて、小夜は思わず悲鳴を上げてしまった。それがいけなかった。

「おお、可愛い、可愛い」

男は図々《ずうずう》しくも嫌がる小夜の胸を揉《も》み、卑猥《ひわい》な動作で腰をおしつけ、首を舐《な》めてきた。その刹那《せつな》、逃がしてくれたのが颯太だった。

「相手をお間違えですよ。浮気をすると玉雪《たまゆき》が泣きますぜ」

颯太の顔は笑っていたが、手はむんずと客の腕を摑《つか》んでいた。もし客が抵抗すればいつでもねじ上げようと言わんばかりだった。客はむっとした顔になったが、そこにちょうど相方の遊女が戻ってきたので、「すまん、すまん」と手を引っ込めた。

まぁ、そこまでならよくある話であった。いちいちそんなことで文句を言っていては商売にならないし、もし言ったとしても小金をせびっているようにしか思われないのがオチだ。嫌な客のことはさっさと忘れる――それが世渡りというものだ。

が、帰り際のことだ。客が下りた後、後片付けをしていた小夜のもとに、颯太がわざわざやってきた。そうして、「申し訳ない。嫌な思いをさせてしまって」と、深々と頭を下げたのだった。

一瞬、何を言われたのかわからなかったほど、小夜は驚いた。

この私に、頭を下げるなんて。

返事に詰まったあげく、出てきたのは素っ気ない言葉だった。

「……あんなの、どうってことない」

すると、颯太はじっと小夜の瞳《ひとみ》の奥を見つめてから、こう言ったのだ。

「強がるなよ」

そうしてニコッと笑顔を浮かべた。――あの瞬間の颯太の顔を、小夜は今も鮮やかに思い出すことができる。そして、あの時、胸の奥に何かが灯《とも》った……。

でも、それはその日だけで終わるはずだった。それからしばらくして、颯太は一人で、ふらりと月屋にやってきた。大川が見える座敷に上がると、そこで静かに川面《かわも》を眺めながら飲んで帰った。酌をしろとも言われない。一人になりたくて来たという感じであった。

風に吹かれている横顔が妙に寂しげで、一言二言言葉を交わすうちに、小夜は颯太といると居心地が良いと感じるようになっていった。

ある日、颯太は廓の女たちのことを自分の家族だと言った。

「けど、俺は亡八もんだから」

亡八、人として大切な八つの徳（仁義礼智忠信孝悌《てい》）がない者を指す。自虐的に笑ってみせた顔がせつなかった。この人の寂しさを埋めてあげたい、そう思った。

けれど、最初に身体を合わせた夜、小夜は「男には惚れないことにしてるの」と宣言した。溺《おぼ》れたくなかった。本気になってしまって傷つきたくない――。

だが、そう思っているところがすでに本気だったということだろう。だから、なるだけ大人の女のふりをして、いつだって別れられると思っていよう。そう思っていたのに――。

廓の火事があって、そんな思いはもろくも崩れた。炎の中に颯太がいるとわかった瞬間、小夜は自分の身体が引き裂かれていくような恐怖を感じた。

失いたくない。そうだ、もう強がるのはよそう。欲しいものは欲しいのだ。一緒にいたいときは素直に一緒にいたいと言おう。そう決めたのだ。

それからは自分でも呆《あき》れるほどに、世話を焼くようになってしまった。これ以上やったら嫌われると思わないでもないのだが、颯太のために何かしてやりたくてしようがない。

この曲げわっぱの弁当箱もそうだ。手に取った瞬間、颯太の顔が浮かんで思わず買ってしまったものだった。弁当箱があれば作りたくなるのは当たり前のことで、食べてくれるかどうかも分からないのに、料理をしてしまった。といっても、小夜が作れるのは、握り飯と醬油《しょうゆ》色した里芋の煮ころがしぐらいなものだけれど。

なのに、颯太は素っ気なく、忙しそうに走り去り、弁当を渡す暇もなかった。

「あ〜、何やってるんだろう、本当に」

廓《くるわ》の再建現場から離れて日本堤まで戻ってきたものの、さっきからため息ばかりが出てくる。

「どうかしたんですかい？」

声をかけてきたのは、颯太が気に入っていると話していた大工だ。歳は颯太と同じぐらい。たしか、名前は……。

「ああ、雅吉さんでしたっけ」

「ええ」

雅吉ははにかんだ笑みを浮かべた。それから、少し心配そうに小夜を見た。

「大丈夫ですかい」

「え？　私？　うん、大丈夫だよ」

「そうですか。すみません」

その恥じらいだ顔が、田舎に残して来たすぐ下の弟を思い起こさせた。あれきり会っていないが、たぶん、これぐらいの男になっているはずだ。雅吉は、鯔背《いなせ》な大工姿もどこか恥ずかしげで頬の辺りに若い男特有の甘さが漂っている。

「謝ることじゃないよ。休みかい？」

「ええ、ちょいと腹ごしらえでもしようかと」

「じゃ、これ、食べない？」

思わず、小夜は弁当箱を差し出していた。

「えっ、いいんですかい」

「うん。余らせちゃ勿体《もったい》ないし。そんな大したもんじゃないから」

「じゃ、一緒に」

「えっ、ああ、そうだね」

小夜が答えると、雅吉は嬉《うれ》しそうに弁当を受け取った。そうして土手に座り込んだ。小夜も並んで腰をかけた。大川の川面にキラキラと陽の光が反射して、まぶしいくらいのよいお天気である。

雅吉は弁当の蓋《ふた》を取ると、「うわぁ」と歓声を上げた。

「煮っころがしだ」

そう呟《つぶや》くと、嬉しそうに食べ始めた。気持ちよい食べっぷりだ。

「美味《おい》しい？」

「ええ。懐かしい味でさ。うちのおっかぁがこういうのよく作ってくれて」

「へぇ～、雅吉さんの田舎ってどこ？」

「下野《しもつけ》（今の栃木県）の菊沢《きくさわ》ってとこで」

「あら、じゃ、お隣りだ。うちは鹿沼《かぬま》なのよ」

「へぇ～」と、雅吉は驚いた顔になり、

「そいじゃ、この芋に味噌《みそ》だれかけて食べたりしましたか」

「うん。したした。お祭りのときとかね。作ってもらうと嬉しかった」

「ええ。ありゃ、ご馳走《ちそう》でしたね」

「うん。良かったら、今度、作ったげる」

「いいんですかい？」

小夜はこくり頷《うなず》くと、返事の代わりに小指を立てた。

「いや、そんな……」

「いいから、いいから」

と、小夜は雅吉の手を取り、小指を絡めた。

「指切りげんまん。また今度ね」

たわいない子どもに戻ったように、小夜は雅吉に約束したのだった。

三

観劇当日の朝が来た。

稀代の装いは、青から紫へとぼかし染め、裾《すそ》には鱗《うろこ》文様が縫い取りされてあるというもの。佐保は桜鼠という灰色がかった薄い赤紫色の地に四君子柄という吉祥柄を染め抜いた小袖《こそで》だった。実はこの小袖は、かつて世話になった玉屋の花魁《おいらん》玉紫からの贈り物であった。玉紫は、佐保にとっては姉のような存在であった。廓の火事でひどい火傷《やけど》を負ってしまったが、無事、想い人であった旗本秋津《あきつ》家の勢之介《せいのすけ》と結ばれて、今は名を紫乃《しの》と改めている。

旗本の嫁という立場だから佐保には計り知れない苦労もあるだろうが、時折、届く文には、愚痴はなくいつも新しい暮らしの喜びが綴《つづ》られてあり、必ず佐保を案じる言葉で締めくくられてあった。紫乃は佐保の父親が分かったことを知ると、自分のことのように喜び、この小袖を祝いとして贈ってくれたのであった。

「四君子とはなるほど、良い柄を選んだものじゃ。さすがは玉紫、おっと紫乃どのであったな」

佐保の着姿を見た瑞峰はそう言って目を細めて褒めてくれた。

「はい。とても気に入っております」

と、佐保は笑顔で答えた。

四君子とは、蘭、菊、竹、梅を指す。四季を代表する草木柄とされ、一年を通じていつでも着ることができるという吉祥柄であった。それだけではない。佐保がこの柄を気に入ったのは、漢方薬の中に「四君子湯」という名の薬があり、耳馴染《みみなじ》みがあったからだ。きっと思慮深い紫乃のことだ。漢方養生へ進む佐保のことを考えて、この柄を選んでくれたのだろうと思えたからだ。（漢方の方は、蒼朮《そうじゅつ》、人参、茯苓《ぶくりょう》、甘草、生姜《しょうが》、大棗《たいそう》という生薬が配合された胃腸薬で、着物の柄の四君子とは異なる）

「君子とは徳と学識、礼儀を備えた人物という意味じゃからな」

「これから、そういう人になれるように精進いたします」

と、佐保はしおらしく応じた。

「おお、そうよ。のう元堅、お前さんもそうあらねばな」

瑞峰は傍らの元堅に話を振ったが、元堅は「はぁ」と気の抜けた返事をしただけだった。

「ん？　なんじゃお前。そんなことではなる縁談もならぬぞ」

「瑞峰どのっ!」

途端に小さく鋭い声で稀代が睨《にら》んだ。言ってはならぬと言っているのにと顔に書かれてある。瑞峰は「ハハハ」と笑ってごまかした。

だが、この縁談は既に周知の事実となっていて、元堅の耳にも入っていた。その証拠に何を言われても、元堅は緊張しきった顔でそわそわと落ち着きない。

「なんじゃお前、虫下しでも飲んだのか」

と、瑞峰にからかわれても言い返すこともできない。

「瑞峰先生……」

あまりからかうのは悪いですよと、佐保が目で制したが、瑞峰は面白がるばかりだ。芝居小屋のある堺町《さかいちょう》へ近づくにつれ、元堅の緊張の色はさらに濃くなり、稀代が顔なじみを見つけて挨拶《あいさつ》する度に、見合い相手が来たのではと、突然直立不動になってみたり、思い切り頭を下げて礼をしてみたりと、挙動不審も甚だしい。

笑ってはいけないと思っていてもおかしくてならない。佐保がくすっと笑いをかみ殺していると、瑞峰が「どのような娘が現れるのだろうな」と耳元で囁《ささや》いた。

瑞峰も元堅の見合い相手と会うのを楽しみにしているのだろう。

「ご存じの方ではないのですか?」

「うむ。会ったことはない。市原《いちはら》さまの娘御と聞いてはいるがな」

「市原さま？」

「ああ、小普請《こぶしん》奉行をなさっておいでとか」

小普請奉行といえば、江戸城本丸をはじめ、御府内の幕府管下の建造物や寺社等の営繕にあたる小普請方の長官のことである。医学館と同じく若年寄の支配下にあり、稀代の遠縁にあたるという。その縁で今回の話が出たのだろうというのが、瑞峰の推測であった。

役高は二千石。家柄としても申し分のないお相手であった。普通なら話が出た時点で否やはない。縁談は決まったも同然なのだが、稀代は当人同士の相性が大事という考えで、一度会わせることにこだわった。それも正式にではなくあくまで内密に、気軽な芝居見物の中で会わせるという形を取ったのは、もしも不首尾となった場合に先方に傷がつかないようにという配慮かららしい。

やがて一行は中村座《なかむら》のある堺町に着いた。この辺りは芝居小屋や見世物小屋などが並ぶ一大歓楽街である。人の波を縫うようにして歩いていくと、役者の名を大々的に書いた幟《のぼり》が何本も翻っているのがみえてきた。

中村座は幕府の認可の元に興行を執り行ういわゆる江戸三座（あとは市村《いちむら》座と森《もり》

田《た》座）の一つ。小屋正面の屋根には森田座の座紋「隅切り銀杏《いちょう》」幕が張られた四角い櫓《やぐら》が高々と上がり、その両横には黒々と隙間を詰めた太字の勘亭流で書かれた役者の名の入ったまねき看板が賑々《にぎにぎ》しく飾られてある。

佐保は、『澤田夢之丞』と書かれた看板を仰ぎ見た。

夢之丞の復活を、きっと颯太も喜んでいることだろう。佐保は、夢之丞の身体を案じて、料理を作って欲しいと言った颯太のことを思い出していた。

そう言えばあの時は、私の作った料理を旨《うま》いと言ってくれたんだった――。

食欲のない夢之丞のために作ってきた重箱の料理を美味しそうに頬張った颯太の顔が思い出された。

「夢之丞さんに食べさせようと無理しただけかもしれないけど……」

そうぽつんと呟《つぶや》いたときであった。稀代が「ああ、いらしたわ」と声を上げた。

中村座の入り口近くに、藤色の御高祖頭巾《おこそずきん》姿の娘がいた。小菊散らしの小紋を品よく着ているのがいかにもきちんとした武家の娘という風情である。姿勢もすらりとしていて、遠目にも黒目がちのぱっちりとした目をしている。傍らには五十年配の武家の妻女らしい女性と中間《ちゅうげん》が付き添っていた。

「伯母上《おばうえ》さま、お久しぶりでございます。お招きいただきありがとう存じます。たいそう楽しみにしておりました」

と、女が稀代に挨拶をした。稀代を伯母上と呼ぶからには姪《めい》ということだろう。

「いえいえ、こちらこそご足労をかけました。香苗《かなえ》どの、ご家族は息災にお過ごしですか」

稀代が香苗と呼んだ女と挨拶を交わしている間に、娘は頭巾を外した。色白の瓜《うり》実顔《ざねがお》をしている。少々顔が青白いのが気になるが、なかなかに愛らしい顔立ちだ。歳は元堅より下だろうが、落ち着いているせいか二十歳は過ぎているようにみえた。それに目力の強さが彼女の意志の強さを感じさせる。

「市原の菊《きく》さまです」

と、香苗が娘を紹介した。市原家は香苗の従妹《いとこ》の嫁ぎ先。その従妹は菊を産んで間もなく病を得て亡くなったが、香苗は折に触れ、菊を可愛がってきたと言った。

「初めまして菊でございます。本日はお招きいただきありがとう存じます」

菊はその大きな目をしっかりと稀代に向け、物おじせず挨拶をした。

「こちらこそ、今日は楽しみましょうね」

と、稀代が挨拶を返し、「これが息子の」と、後ろに控えている元堅を紹介しようとしたときだった。

「ういっ」

突然、妙な音がした。元堅が真っ赤な顔をして口を手で隠している。どうやらしゃっくりが出そうなのを必死に堪《こら》えているらしい。

香苗と菊が怪訝《けげん》な顔になったのを見て、瑞峰がバンと元堅の背中を叩《たた》いた。

「さ、挨拶は後じゃ。参ろう、参ろう。芝居が始まってしまう」

ごまかすように瑞峰は先に立ち、強引にみなを中へと誘《いざな》ったのだった。

今回、一行の席は二階の舞台正面、舞台全体が見渡せる良席である。一番前の列に、瑞峰、稀代、香苗、菊、佐保、元堅の順に座った。

芝居は新作『雨月物語』。上田秋成の原作の中から、『菊花の約《ちぎり》』と『蛇性の婬《いん》』が組み合わされていると聞いていたが、今回、義兄弟の契りではなく、若い男女の恋物語として再構成されていた。夢之丞演じる浜菊《はまぎく》は、恋人左門《さもん》と重陽の節句に逢《あ》う約束をしている。だが、浜菊に横恋慕した赤松《あかまつ》がそれを阻むために彼女をかどわかし、地下牢《ろう》に閉じ込めてしまう。悲観した浜菊は赤松から逃れるために、毒をもつ白蛇に嚙《か》まれて自害し、死者となって左門の許《もと》に戻ろうとするというところで、一旦《いったん》幕となり、休憩に入った。

幕間《まくあい》に入ってすぐ、夢之丞が美しい浜菊の扮装《ふんそう》そのままに一行のもとまで挨拶に現れた。夢之丞が客席に出てくるのはかなり珍しいことで周囲はざわつき、香苗は大喜びで、稀代は誇らしげな笑顔を浮かべて、夢之丞の挨拶を受けた。

「ようこそお越しを。ご覧いただくことができ、本当に光栄でございます」

「それはこちらも。今日の舞台を楽しみにしていましたよ」

「兄たちも観たがっていたのですが……」

と、元堅が夢之丞に元胤夫婦が来られなくなったことを詫《わ》びた。

「いえいえ、お忙しいことでしょうから。あの折は本当にお世話になりました。おかげ様で存分に動くことができます。ありがとう存じますとくれぐれもよろしくお伝えを」

頭を下げている夢之丞の後ろに控えている男を見て、佐保は驚いた。

確か、このお人は——。

佐保の顔を見て、そうだというように夢之丞が微笑んだ。

「今回の戯作者です」

と、夢之丞は稀代たちに男を紹介した。

「お初にお目にかかります。新井《あらい》宗賢《そうけん》でございます」

と、男が挨拶をした。えらく神妙な顔つきをしているが、この新井宗賢は芳栄堂《ほうえいどう》の読売書きで、夢之丞の芝居を酷評した男であった。颯太は彼の読売に激怒し、殴り込みに行った。そのとき宗賢は、こう言った。「澤田夢之丞はこの程度で終わる役者じゃねぇだろう。このぐらいでへこむような情けない役者かよ」と。この男は夢之丞の役者としての素質を誰よりも信じていたのかもしれなかった。

「復活をするならこの本を使えと、大変な売り込みようでね」

「いや違うだろ。芝居にケチをつけてばかりじゃなくて、本を書けと言ったのはそっちだろ」

と、宗賢が小声で応じ、夢之丞が愉快そうに微笑んだ。

「ここまでいかがでございますか？　楽しんでいただけてますでしょうか」

「ええ、とても面白い。この先、どうなるのかどきどきしていますよ」

稀代が答えると、瑞峰も満足げに頷《うなず》いた。

「ああ、そうじゃな。夢之丞の身体の方もすっかり良い様子だし、安心して観ておるわ」

「さて、安心して観ていられるのはここまででございますよ」

と、宗賢が謎をかけるような笑顔を浮かべた。

「この後、それはそれは大変なことになりますから」

「まぁ、楽しみなこと」

と、香苗が声を上げた。

「しっかり務めますので、お嬢さま方もどうぞ最後まで楽しんでいらしてください」

夢之丞に言われて、佐保は「はい」と答えた。菊も微笑んでいる。

「それからささやかでございますが、お食事をご用意しております。運ばせますのでどうぞお召し上がりください。それでは」

夢之丞はもう一度きれいにお辞儀をしてから、楽屋に戻っていった。

「や、八百善《やおぜん》ではないか！」

運ばれてきた折詰の上書きを見て、元堅が声を上げ、稀代が小さく睨《にら》んだ。元堅は慌てて恥ずかしそうに口元を押さえたが、菊は可笑《おか》しそうに口元を緩ませた。

「全くこの子は」と、稀代がため息をついたが、元堅でなくても八百善の折詰とくれば、興奮してしまっても仕方がない。八百善は料理番付では別格の勧進元に名前を記される高級料亭である。創業は享保二（一七一七）年というから、八代吉宗《よしむね》公の時代のこと。それからおよそ百年、今では単なる料理屋の域を超え、一流の文人墨客らが集う名店中の名店。江戸っ子で知らぬ者はいない。

「ほほう、旨《うま》そうじゃ」

と、瑞峰も目を細めている。

「ええ、本当に。いただきましょう」

稀代も嬉《うれ》しそうだ。傍らの香苗も笑顔で頷いた。

「八百善の御相伴までとは、今日は本当に良い日でございます」

刺身は鯛《たい》の皮をさっと湯通しした松皮づくり、やまと芋を使った海老《えび》真薯《しんじょ》に、魚のすり身を使った魚そうめん……味は言うまでもなく、どれも彩よく、手の込んだ品である。佐保にはとても真似はできないが、一流料亭の技《わざ》を味わうことはとてもありがたいことであった。

「菊どのも、ご遠慮のう」

稀代に促され、菊は箸《はし》を取ったが、あまり食がすすまない様子であった。初めて会う人の中で緊張しているせいだろうか。それは元堅も同じくで、いつものようにパクつくことなく、上品そうに食べているのが、佐保には可笑しかった。

「のう、菊どの、菊どのの贔屓《ひいき》の役者は誰かな」

と、瑞峰が菊に問いかけた。

「特には」

と、菊は答えたが、すぐに、

「でも芝居は好きでございます。私は役者で観るというより、どういうお話なのかが大事でございます」

「話の筋が大事か」

「はい。幼い頃より、草双紙や読み本が好きだったからかもしれません」

「この子の母も本好きでした」

と、香苗が言った。菊の母、香苗の従妹は三年前に亡くなったという。

「私も読み本は好きですよ」

と、稀代が微笑んだ。

「では菊さまの一番お好きな読み物は何かしら？」

「一番と言われますと、やはり『源氏物語《げんじものがたり》』でございます」

「源氏の中ではどの殿御がお好きかしら？　やはり光《ひかる》の君《きみ》？」

「いいえ。私が好きなのは柏木《かしわぎ》でございます」

「まぁ、柏木」

香苗が少し困った顔になった。はしたないと言いたげだ。稀代も少し驚いた顔をしている。というのも源氏物語の柏木といえば、不義密通を起こす男だからだ。

柏木は光源氏の息子の友人でありながら、光源氏の正妻となった女三宮《おんなさんのみや》と不義の恋に堕《お》ちる。想いを遂げた柏木と女三宮との間には薫《かおる》という子まで産まれるが、罪を悔やむ女三宮は出家、悲嘆した柏木は死の床についてしまうのだ。

「柏木のどこがお好きなのですか？」

と、思わず佐保は問いかけてしまった。

「……罪だと知りながらも、一途《いちず》に想い続けるところでしょうか」

そう答える菊の目は憂いを帯びていて、佐保から見てもどきっとするほど、大人びて見えた。

「まぁ、なんてことを」

と、香苗がたしなめた。

この話の間、元堅は魅入られたように菊を見つめ続けていた。気付いた稀代が無遠慮すぎると咳《せき》ばらいをして、

「そういえば源氏は歌舞伎になりませんねぇ」

と呟《つぶや》いた。

「そうじゃな。観たいものだが」

と、瑞峰は応じてから、菊にこう問いかけた。

「その際は誰に柏木をやってもらうのがよいのかな」

「さぁ。憂いのある顔立ちで、ほっそりとした方でしたら、どなたでも」

「そういう人が菊どのの好みということかな」

返事の代わりに、菊は少し恥ずかしそうに俯《うつむ》いた。瑞峰は可哀そうにと元堅を見やった。稀代も苦笑いを浮かべた。憂いもほっそりも元堅からは縁遠い。当の元堅はわかっているのかいないのか、にんまりと菊を見ているばかりであった。

そうこうしているうちに次の幕が始まった。

白蛇の毒で死んだ浜菊は、千里を一夜の許《もと》に駆け抜けて、約束通り、重陽の夜に愛《いと》しい左門の許へ戻った。再会を喜んだ左門だが、浜菊が死人だとわかると恐れおののき、拒絶してしまう。いやそればかりか、赤松の計略のままに、彼の妹を娶《めと》ろうとまでする。恋人の裏切りにもだえ苦しむ浜菊は白蛇へと化身する。そうして、まず憎い赤松を憑《と》り殺す。次に狙うは左門。だが、いくら裏切った男であっても恋しい左門を殺すことはできない。

佐保は息を詰めて、舞台の上の夢之丞を見つめていた。

愛する人の前では美しくありたい——女なら誰しもがそう願うだろう。だが、恨みを抱いた浜菊の姿は醜い蛇へと変わってしまう。異形の物へと変わってしまった己を怖れ、嘆き苦しむ浜菊を夢之丞が息もつかせぬ踊りで表現していく。

「頼む。助けてくれ」

左門は無様にも白蛇の化身となった浜菊にひざまずき、赦《ゆる》しを乞《こ》う。

醜悪な蛇の姿は人を憎む心がなせるものだ。しかし、苦悩の末に、恋人を赦す心がまさると、浜菊の姿は元の美しさを取り戻していく。

だが、それはもう彼女の完全な死を意味していた。肉体は滅び、もう二度と恋人に抱かれることもない――せつなく悲しみに満ち、最後は菩薩《ぼさつ》のような笑みをたたえて、浜菊は死んでいくのである。

場内からはすすり泣きの声がそこかしこから聞こえてきた。佐保も思わず目頭を押さえながら、ふと気になって傍らの菊の様子を窺《うかが》った。菊が身じろぎもしないのが気になったからである。だが、覗《のぞ》き見た途端、佐保ははっとなった。

菊のその大きな瞳《ひとみ》から大粒の涙が溢《あふ》れ、頬を濡《ぬ》らしていたからである。それも嗚《お》咽《えつ》を漏らすことなく、静かに泣いているではないか。

舞台の上では夢之丞が天を仰ぎ、大きく身をそらした。拍手が沸き上がる。その瞬間、菊は一つ大きなため息を漏らして、目を閉じたのであった。

万雷の拍手の中、幕が引かれた。

立ち上がった菊の顔はあれほど泣いていたのが嘘のように穏やかであった。

「では、我らはこれにて」

香苗がそう告げると、菊は「今日はありがとう存じました」と丁寧にお辞儀をし、去っていった。元堅は名残惜しそうに菊の姿が消えるまで、じっと見送っていたのだった。


一行が多紀家に戻ると、元胤はご出仕から戻っていて、首尾を聞きたがった。

「はい。大変良い芝居でした。夢之丞の調子も良いようで。兄上にもくれぐれもよろしくと、そう」

「で、お相手は？　市原さまのお嬢さまはどうだった？」

「それはもうぉ……」

元堅は、はぁと大きく吐息を漏らすと、まだ夢心地といった態《てい》で、自室へ引っ込んでしまった。

「おい……あれはいったいどういうことです？　上首尾ということですか？」

元堅を見送った元胤は、稀代と瑞峰に問うた。

「だとよいのだけれど……」

と、稀代は一つため息をつき、瑞峰を見た。

「うむ……」

瑞峰は佐保が淹《い》れた茶に手を伸ばし、一口すすってから、菊が「憂いのあるほっそりとした人が好みだ」と言ったことを元胤に話してきかせた。

「ほっそりですか」

「そうなのですよ。はきはきとした良いお嬢さまでしたけれどねぇ」

と、稀代が残念そうな顔をした。

「物おじをしないところなど、若い頃の稀代どのを見るようであったな」

「あら、そうでしょうか」

稀代は一瞬心外だという顔になった。

「源氏の中では柏木が好みだとはなかなかに手ごわいとも見えたであろう?」

「確かにそれはそうですが」

と、稀代は頷《うなず》いた。

「佐保さんはどう見た?」

と、瑞峰が佐保に問いかけた。

「私ですか?」

まさか印象を問われるとは思っていなかった佐保は一瞬、口ごもった。

「さぁ……少し血が足りておられないような気が」

「そっちか、そなたは」

　と、瑞峰が笑った。

「じゃが、確かに食も細かった。脈を診てやればよかったかのぉ」

　佐保の脳裏に、芝居を観ながら泣いていた菊の顔がよぎった。

　あれは誰かを想っての涙ではないのだろうか——。

「何やら、元堅には荷が重そうにも思えますが」

　と、元胤は稀代に問うた。

「そうですねぇ。けれど、あれぐらいしっかりしている方のほうが元堅には良いようにも思いますしね。それに」

　と、稀代は元堅の部屋の方を見やった。

「かなり気に入っているようですし」

「一目惚《ぼ》れというのかの。しかし、あれは無理であろうなぁ」

　と、瑞峰がため息をついてから、稀代に問いかけた。

「返事はどうするのじゃ」

「香苗どのから早晩連絡が来るでしょう。遠慮はせず正直なところを教えて欲しいとお願いしておきましたから」

「そうか。では可哀そうじゃが、早めに因果を含めておいた方がよいな」

瑞峰は振られることは目に見えているので、先に諦《あきら》めさせておこうというのである。

「ええ。でも今日ぐらいは良い夢を見させてやりたいものですが」

と、稀代は瑞峰に答えてから佐保に向き直った。

「悪いけれど、明日の朝、紅梅屋に行ってくれないかしら」

稀代は懐から小銭を取り出した。慰めに元堅の好物である塩豆大福を買ってきて欲しいというのである。

「はい。かしこまりました」

佐保が二つ返事で引き受けた。そのときであった。自室に戻っていたはずの元堅がドタドタと戻ってきた。

「母上、兄上！」

元堅は勢い込んでやってくると、稀代と元胤の前に正座した。

「な、何事です」

「これを是非、市原の菊どのに」

と、元堅は書状を差し出した。

「私の気持ちをしたためました」

「何を書いたのです」

「そのぉ、あなたに相応《ふさわ》しい男になるつもりだと、そのように。ともかく、そういうことですので、このお話、どうぞよろしくお願いいたします」

深々と一礼すると、元堅は気合を入れるようにぐっと拳《こぶし》を握りしめ、「よし」と自分に言い聞かせるように言うと、立ち上がった。

「頑張りますので！」

書状を手に啞然《あぜん》とした稀代たちを置いたまま、元堅は踵《きびす》を返し、自室へ戻ってしまったのであった。

「なんとまぁ」

稀代は驚いて言葉もない。

「あの馬鹿、気合を入れるなら、勉学にしておけばよいものを」

と、瑞峰がやれやれと首を振った。

「ええ、まことに」

元胤も苦笑いを浮かべている。

「……あのぉ、これはどうしたらよろしいですか」

稀代から預かった駄賃を手に佐保が問いかけると、稀代の代わりに瑞峰がこう答えた。

「まぁ、仕方ない。束の間、夢を見させてやるとするか」


しかし、それから二日、市原家からは何の音沙汰《おとさた》もなかった。

元堅は、さすがに無理かもしれないと思い始めたようで、佐保の目から見ても、気もそぞろという有様であった。稀代に先方の様子を聞きたいが、聞くのも怖いらしい。うろうろと廊下を歩き回り、珍しく元胤から「瑞峰先生のお手伝いでもしてこい」と叱られる始末であった。すごすごと医学館へ向かう元堅の姿を見て、稀代は、情けないとため息をついた。

「駄目なら駄目と早く言ってくれればよいものをね」

稀代がそう佐保相手に愚痴をこぼしていた時であった。女中頭の芳が「大奥さま、いらっしゃいました」と客人の到来を告げた。

市原家からの返事を持って、香苗がやってきたのだ。

「……わざわざお越しいただかなくても、書状でも良かったのですよ」

客間へ応対に出た稀代は申し訳なさそうに言った。

「元堅さまは、お勉強ですか？」

顔を出さない元堅を案じて、香苗がそう尋ねた。

「ええ、あの子には私から伝えることにいたします。あなたも今回は嫌なお役目を背負わせてしまいましたね」

「何がでございますか？」

香苗は怪訝《けげん》な顔をしている。

「伯母上《おばうえ》、めでたいお話ですもの。嫌なことなどございませんよ。私はみなさまの喜ぶ顔が観たくて来たのですもの」

香苗の声は弾んでいた。

「えっ、それでは」

「ええ。おめでとうございます。あちらさまはこのご縁談、進めていただきたいと仰せです。多紀家でもお受けいただけますよね」

「それはもう、もちろん」

意外な話ではあったが、もちろん元堅にとっては嬉《うれ》しい話に違いなかった。

「まことですか！」

医学館での勉学を終えて戻ってきた元堅は、飛び上がらんばかりの喜びようであった。

「菊どのが私の嫁になるのですか」

「ええ、そういうことになるわね。ただ浮かれてはなりませぬよ。縁組というものは最後の最後までわからぬものですからね」

と、稀代は釘《くぎ》を刺した。元堅が調子に乗ってしまうのではないかと気がかりであった。

「大丈夫です。わかっておりますとも。次にお会いするときには、見違えたと言っていただかねば……そうだ。私はしばらく、いえ、この際、塩豆大福を絶ちます」

「はい？　そう言うことでは」

ないのだと言おうとする稀代の口をふさぐかのように、元堅はさらにこう重ねた。

「剣術の稽古《けいこ》もやります」

「それはよい心がけですが、殿御は文武両道でなくては。付け焼刃はかえって嫌われますぞ」

「でしたら、母上、『源氏物語』をお貸しください！　確かお持ちでしたよね」

『源氏物語』を抱えて、嬉々《きき》として部屋を辞した元堅を見て、稀代は深々とため息をついたのであった。

その翌日から健気《けなげ》にも元堅は頑張り始めた。

早朝、鶏が時を告げる時には起きだして、鶏小屋の前で素振りを始める。それが終わると、朝の食事もそこそこに医学館に向かい、勉学を始めるという次第だ。茶菓子を持って行っても、宣言通り、塩豆大福はおろか甘いものは一切口にしない。もちろん、隠れ食いもしていない様子だ。

さてさて幾日続くことやらと、佐保も女中頭の芳もその様子を冷やかし半分に見守っていたのであった。


四日めの朝のことだ。佐保がいつものように中庭の鶏小屋へ卵を取りに行くと、毎朝見かけた元堅の姿がない。

三日坊主とはよく言ったものだと佐保はくすっと笑みをもらした。すると、笑ったのを見ていたかのように、庭に面した部屋の障子が開いて、元堅が顔を出した。手に木刀を下げているところを見ると、今日も頑張るつもりのようだ。

佐保は申し訳ない気分になり、丁寧に一礼した。

「おはようございます。今日もお早いですね」

「うん、あぁ、おはよう」

なんだか元気がない。元堅は大きくあくびをしてから、ゆるゆると庭に下り立つと、「ふ〜」と気合を入れるように息を吐いてから、片肌を脱ぎ始めた。

佐保は目をそらして、鶏小屋に入った。つわりの酷《ひど》かった志津のために飼い始めた鶏は、今日も元気に卵を産んでくれている。

「おはよう、さ、外よ」と声をかけながら、佐保は鶏を庭へ放し、そっと卵に手を伸ばした。おかげで、志津の体調は良くなった。つわりも収まって、近頃では食欲が出てしかたないとぼやくほどだ。

「ありがとうね」

つやつやの卵を拾うたびに思わず声が出た。卵を回収し終えたら、小屋を掃除して餌と水を置いておく。できるだけ住み心地のよい小屋にしてやりたい。

鶏たちはと、外を見ると、ココッ、クワァッ、クック……と、機嫌よさそうに何かを突っついている……。

「えっ！」

思わず佐保は目を疑った。鶏たちが突っついているのは元堅であった。半分肩を出したまま、元堅が倒れている……。

「だ、誰か！　元堅さまが！」

慌てて、佐保は鶏小屋を飛び出した。


「何をしたのだ、いったい」

瑞峰に脈を取られながら、元堅は「はぁ」と情けない声を出した。

元堅の枕元には稀代、そして佐保と芳が心配そうに付き添っていた。元胤は昨夜から城内での御用があり、代わりに呼ばれた瑞峰が押っ取り刀でやってきたのであった。

「何も……別に」

「何もせん奴が倒れるか」

「たぶん……飯を食っていなかったのがよくなかったかと」

「朝飯か」

「いえ、そのぉ……」

元堅は小声で、もぞもぞと何か言った。

「はぁん？　はっきり言わんか、はっきり」

瑞峰が苛立《いらだ》ったのを見て、稀代が重ねて問いかけた。

「夕べはいつ食べたんです？　後で食べると言っていたけれど」

「はぁ。まぁ」

元堅は言いにくそうにしたが、代わりに彼の腹がぐーっと大きな音を立てた。

「もしや抜いたということ？」

「そういえば、一昨日《おととい》も夜の膳《ぜん》にはいらっしゃらなかったですよね」

と、佐保は芳を見た。何か知っていそうな顔をしていた。

「……黙っているようにとのことでしたが、よろしいですよね？」

と、芳は元堅に断ってから、こう答えた。

「実は、夜は当分の間、要らぬとおっしゃって」

「何ぃ」

瑞峰に睨《にら》まれて、元堅は恥ずかしそうに笑った。

「少しでも早く、痩《や》せねばと思ったのです」

「この大馬鹿ものが！」

瑞峰がどやしつけた。

「まことに……なんてことを」

と、稀代は呆《あき》れ顔になった。

「無理をして身体を壊しては元も子もないでしょうに。心配して馬鹿を見ましたよ、まったく。やつれるのと痩せるのは違いますよ」

「はぁ……」

「もしや、やつれれば憂いが出るとでもお思いか」

稀代に睨まれ、元堅は照れ笑いを浮かべた。

「このたわけ！」

「はっ、申し訳ございません」

元堅は素直に謝ってから、腹をなでた。

「しかし、まったく痩せぬのですよ、これが。時折痛みますし」

「何か悪い病でもあるということ？」

と、稀代が心配げに瑞峰を見た。瑞峰は無言で元堅の腹に手を置いてから、やれやれというような顔になった。

「これは糞詰《ふんづ》まりじゃな」

「はい？」

「出すものを出せと言うとる！　出ておらんじゃろうが」

瑞峰がバンと腹を叩《たた》いた途端に、ぶ〜っと元堅のおならが出た。

「もう、嫌ですよ、この子は」

と、稀代は顔の前で手をあおぎ、笑い上戸の芳がくすくすと笑いだした。

「す、すみません。でもですよ、確かにそれはそうですが、食べていないので出なくても当たり前ではありませんか」

と、元堅は顔を真っ赤にして抗議している。

佐保も思わず笑ってしまったが、しかし、何やら気の毒に思えてきた。

確かに口にするものが減れば、出すものも減る。だが、元堅の便秘はそれだけではなさそうに思えた。元々、元堅にはむくみがある。甘味や魚は好きだが野菜はあまり好まない。

肥満は食事と運動・代謝の釣り合いが悪くなって起きるものだが、漢方ではその原因を痰湿《たんしつ》にあるとする。痰湿には五臓の中でも脾《ひ》胃の働きが重要な役割を果たしている。脾胃が摂取した飲食物を消化し、体内に必要な栄養分である水穀の精微を吸収し、身体に巡らせ、余分なものは便として排出するという役割を果たしているからだ。不規則な食生活や過食、運動不足などにより、脾胃に失調が生じ、摂取物が有益な水穀の精微とはならず、代謝されないまま蓄積されると肥満が生じる。五臓では、肺や腎《じん》も水分代謝に関わりが深い。余分なものを肺は汗として、腎は尿として排出するのだ。

　じっと元堅の顔を見ている佐保を見て、瑞峰が、

「佐保さんや、こいつに食べさせたいものがわかったか」

　と、尋ねてきた。

「はい。小豆《あずき》とはと麦の粥《かゆ》をお持ちしようかと」

「うむ。そうしてやってくれ」

　瑞峰が頷《うなず》く前に佐保は立ち上がっていた。

　一礼して出ていく佐保を見送って、稀代は瑞峰に尋ねた。

「つまり、この子は」

「水滞、水太りじゃな」

　もう一つ、ポンと腹を叩かれて、元堅はますます情けない顔になった。

　漢方では、肥満には体質上、大きく分けて三つの理由があるとされる。

　一つが気滞、いわゆる気太り、ストレス太りというものだ。緊張や不安感など情緒不安定による暴飲暴食からくる太り方で、気の流れが滞っていて、膨満感があり、便秘と下痢を繰り返したりする。

　二つめが瘀血《おけつ》、血太り。女性に多く、冷えや運動不足などから血が滞ることで起

きる。お腹の周りに脂肪がつきやすく、しみや痣《あざ》などが出やすくもなる。

三つめが水滞、水太りだ。生ものや冷たいものを好む人に多い。下半身が太りやすく、汗かき、むくみ、疲れやすいなどの症状が出やすい。舌も大きくぶよぶよとしている。この水滞は気虚（気力不足のこと）と共に生じることが多いので、脾胃の気を補いながら水巡りをよくすることが肝要となる。

佐保が作ろうと思い立った小豆、はと麦はいずれも体内の水巡りをよくし、不要な水分を排出する。粥は消化が良く、脾胃に負担をかけない。

しばらくして、佐保が持ってきた膳には、小豆とはと麦の粥の他に、副菜として、こんにゃくと豆腐のみそ田楽が添えられてあった。

「おお、砂おろしの田楽か。酒が飲みとうなるな」

と、瑞峰が目を細めた。

「そうおっしゃると思って、先生の分もご用意しております」

と、佐保は応《こた》えた。

こんにゃくは別名、「砂おろし」や「砂払い」などと呼ばれ、尿路結石など体内に溜《た》まった不純物を排出すると考えられてきた。事実、サトイモ科の植物の球茎から作られるこんにゃくは、植物繊維が豊富に含まれていて、腸内の大掃除にはもってこいの食べ物である。それに豆腐の原料である大豆は、腎の養生によい。田楽につける味噌《みそ》は大豆の発酵食品であり、腸の働きをよくしてくれる。いずれも今の元堅には必要な食材といってよかった。

「かたじけない」

元堅は佐保に手を合わすと、旨《うま》そうに食べ始めた。

稀代は呆れ顔でその様子を眺めていたが、やがて佐保に「これからも作ってやってね」と囁《ささや》いた。

「はい」

佐保は笑顔で返事をした。元堅のやり方は乱暴であったし、医者の不養生と笑われるようなものではあったが、あれほど一所懸命な元堅を見るのは初めてであった。

佐保は、元堅がそれほどまでに菊の理想の相手になりたいと思っているのであれば、精一杯応援しようと思っていたのである。

四

十月に入って、朝夕、冷え込むようになり、大川沿いに植わっている桜の葉が見事に赤く色づくようになった。

今日は吉原大門脇の会所に楼閣の主《あるじ》たちが集まっていた。

焼けた楼閣の建て替えの状況、再開時期をどうするのか、そのときどのようにしてお客を集めるのかなど、それぞれの意見を調整していく話し合いである。

颯太は父である玉屋山三郎と共にこの場にいた。

吉原は、江戸の初め、「西田屋《にしだや》」という遊女屋を営んでいた庄司甚内《しょうじじんない》がご府内に散らばる遊里をひとまとめにすることを幕府に願い出たことに始まる。当時、諸国から集まってきた武士や浪人、町人などの相手をする遊里があちこちに乱立し、風紀が乱れることを危惧《きぐ》していた幕府はこの案に乗った。幕府公認の遊里として取り締まることで、豊臣《とよとみ》方の残党などの不逞《ふてい》浪人や罪人などを捜しやすくなるし、遊女屋側も安心して商売ができる。双方に利があったからだ。このとき、庄司甚内は吉原を束ねる惣《そう》名主となった。惣名主は基本世襲制だが、その後、惣名主は大見世三《み》浦《うら》屋の四郎左衛門《しろうざえもん》に移り、三浦屋が廃絶した宝暦《ほうれき》六（一七五六）年からは、玉屋の山三郎がその後を継いでいる。

「だいたいご意見は出揃いましたかね」

と、座を仕切る立場にある山三郎が一同の顔を見た。ほとんど隠居のようになって颯太に任せっぱなしの山三郎ではあったが、今日だけはしっかりと務めを果たしている。颯太に見せておこうという心づもりもあるようだ。それを受けて、颯太は下手に座り、父が座を仕切る様子をじっと見ていた。近い将来、山三郎の名を継いで、吉原の惣名主としてこの人たちを束ねていかなければいけない。玉屋の他にもこの際だから、代替わりを考えている楼閣は多く、若い顔ぶれが増えた。といっても、その中でも颯太はもっとも若いうちに入るのだ。

　玉屋の場合、建て替えはほぼ終わり、内装の仕上げにかかっている。周りの楼閣もだいたい同じような状況だということがわかった。

「では予定通り、十一月の一の酉《とり》に再開ということで、よろしゅうございますね」

　山三郎の言葉に否を唱える者はいない。どの楼閣主の顔にもほっとした安堵《あんど》感が漂っている。

　この日は、おとりさまの名で知られる鷲《おおとり》大明神《だいみょうじん》社（現在の鷲神社）の祭礼にあたる。商売繁盛、家内安全を祈念した縁起熊手で有名な酉の市である。神社は吉原から近く、例年、酉の市のときには廓《くるわ》内も開放されるので、それを楽しみにしている江戸っ子も多いのである。

「それではみなさま、あともう少し、抜かりなく備えてまいりましょう」

会を閉める父山三郎の顔は、颯太から見ていても惚《ほ》れ惚《ぼ》れするほど男らしい。

「まだ隠居は早いぜ、親父」

と、思わず颯太は呟《つぶや》いていた。

三々五々、お開きとなり、親しい楼主と飲みに行くという山三郎と別れて、颯太は一人になった。

大門から衣紋《えもん》坂を駆けあがり、大川に出ると、颯太は大きく伸びをした。

冷たい風が心地よい。

再開の目途も立ってきたという、ちょっとした解放感もある。

山三郎からも今夜は少しゆっくりしてこいと言われたばかりだ。

「さて、と……」

ふと、ここのところ、顔を見せない小夜のことが頭をよぎった。

つれなくし過ぎたかもしれない。

「寄ってやるか」

颯太はそう呟くと、日本堤を駆けて、船宿月屋を目指した。

「まぁ、これを雅吉さんが」

小夜は目の前に置かれた小引き出しをしげしげと眺めた。大きさは一尺（約三〇センチ）四方、三段の引き出しがあり、小物を納めるのにちょうどよい寸法加減だ。

「親方から初めて褒められた指物なんです」

「へぇ～、器用なんだねぇ、綺麗《きれい》だ」

指物とは、木工品の技法のひとつで、釘《くぎ》一本使わず、木を削り、差し込んで作るものだ。腕の良い指物師は重宝される。

「良かったら使ってください」

「私に？」

もったいないと首を振る小夜に向かって、雅吉は是非にと押し付けた。

「いつも旨いもの食べさせてもらってるし」

小夜は雅吉に約束したとおり、小芋の味噌だれを作って差し入れをした。その後時折、雅吉は月屋を訪れるようになった。大工は良い商売になるとはいえ、まだまだお給金は少ないはずだ。船客用の待合で、ちょいと一杯ひっかけて帰る雅吉のために、小夜は一品おかずをおまけしたり、残り酒を持ってきたりしてもてなすようになっていたのである。

それが今日はちゃんと座敷に上がると言う。「金なら大丈夫です」と懐に手をやるので、二階に上げた。すると、雅吉はこの小引き出しを取り出したのである。

「でも、そんなやっぱり貰《もら》えないよ」

「……小夜さんのために、使ってもらいたくて、作ったんです」

伏し目がちにぽつりぽつりと言葉を選ぶように、雅吉が言った。

雅吉が自分を女として見ていることに、このとき、小夜は初めて気づいた。

「俺、一所懸命稼ぐんで、そのぉ」

それ以上言わせるとまずい。

「雅吉さん、私、料理持ってこなきゃ」

立ち上がろうとした小夜の手を雅吉が握った。

「座ってくだせぇ、お願いです」

と、そのときであった。廊下の階段をトントンと駆け上がってくる軽快な足音がしてきた。

馴《な》染《じ》みのある足音……颯さんだ。

と、思った瞬間、「よっ」という声と共に障子が開いた。

一瞬、颯太と雅吉が見合った。

「なんでぇ、雅吉さんじゃねぇか」

こくりと雅吉が頭を下げた。が、すぐに邪魔してくれるなというように颯太を睨《にら》みつけた。その手が小夜の手をぎゅっと握りしめていることに颯太が気づいた。

小夜は慌てて、雅吉の手を離し、照れ隠しに笑ってみせた。

颯太が小夜を見た。

「……そういうことか」

「ちょいと失礼じゃないか、いきなり」

と、小夜は颯太を軽く睨んでしまった。来てくれたのは嬉《うれ》しかったし、誤解してほしくはなかったが、そうじゃないと否定するのも変であった。とにかく間が悪すぎる。気恥ずかしさが先に立った。

「だな。悪かった。ごゆっくり」

颯太はそれだけ言うと、あっさり踵《きびす》を返した。そしてそのまま、振り返りもせず、階段を駆け下りてしまった。

「えっ……」

「あら、お小夜さんいませんでした？」

階下から、朋輩《ほうばい》の声が聞こえてきた。

「いや、野暮用を思い出してな」

颯太の声がする。

「小夜さん、これからは俺のことだけ見てくれねぇか。俺、あんたがいてくれたら、なんだって」

今、横にいるのは雅吉だが、その声はだんだん遠くなり、小夜の耳は颯太の声だけを追っていた。

「さようで、またお越しを」

「じゃあな」

颯太が行ってしまう。

「なぁ、小夜さん、俺はお前さんを大事にするし、泣かせるようなことは」

突然、雅吉の顔が目の前に迫った。立ち上がろうとするのに、雅吉の手が肩を押さえてそれを拒む。

「……やめて」

小夜は雅吉を振り払った。

「帰って。お願い、帰って！」

気付いたら、小夜は雅吉を追い返していた。

五

佐保の応援の賜物か、元堅の調子も良くなり、日々、きちんと食事を摂《と》り、剣道にも力を入れたおかげで、ぽちゃっとしていた体つきもかなりすっきりしてきた。

「勉学にも以前より励んでおるわ」

瑞峰からそう聞かされた稀代は喜び、

「では、そろそろ正式にお話を進めなくては」

と張り切っていた。

そんな矢先、市原家から藤野《ふじの》という用人が多紀家へやってきた。

「大変申し訳ございませぬ。どうかこの縁組はなかったことに」

手をつき深々と頭を下げる藤野を前に、応対に出た稀代と元胤は顔を見合わせた。

「どういうことでしょう。理由をお聞かせ願いたい」

と、元胤が尋ねた。

「それがそのぉ……」

藤野の歯切れが悪い。

「何か当方に不都合でもありましたか」

「いえいえ、そのようなことは。実は……お嬢さまの、菊さまのお身体が優れぬのです」

「優れぬとはどのようなお加減なのでしょう」

もしよければ、診て参じますと元胤が言いかけたが、

「ご迷惑をおかけするなど滅相もない。お嬢さまにはすでに主治医がおりますし」

と、藤野は決して詳しい病状を明かそうとしない。

「主人からもくれぐれも申し訳ないことだと。とにかく、今回のお話は無理かと存じまして、どうか、どうか平にご容赦を」

とにかく破談にしていただきたいとの一点張りで、頭を下げ続ける藤野に対して、元胤も稀代もそれ以上、何も聞けなかったのであった。

このことは、その日の夕餉《ゆうげ》の前、元堅と佐保にも告げられた。

佐保は女中頭の芳からそれとなく破談になったことを聞かされていたので、席をはずそうとしたのだが、「家族も同然だから一緒に聞いておくように」と稀代に促されて同席していた。

「それはいったい……」

茫然《ぼうぜん》となった元堅を見て、元胤は小さくため息をついてみせた。

「とにかく、この話はなかったことにするしかあるまい。可哀そうだがな」

「いや、しかし」

「もうぉ、お諦《あきら》めなさい。どうせ口実に決まっています。元々縁がなかったのです」

「そういうことではなく」

なおも、言い募る元堅に稀代が怒った。

「なんですか、未練がましい」

「違います、母上。私はお菊どののお身体のことを言っているのです」

元堅は稀代ににじり寄った。

「病状を言えぬということは、よほど変わった病か、それともかなりお悪いのかもしれません。それを見過ごせとおっしゃるのですか！　掛かっている医師の診たてが悪いかもしれません。それで手遅れになっても良いとお考えですか！」

あまりに真剣に言い募る元堅に、稀代は言葉がない。佐保も目を見張って、事の成り行きを見守っていた。

「……そのようなこと思うわけがあるまい」

元胤の声も真剣さを帯びていた。

「だがな、あちらは、私たちには診せたくはないとおっしゃったのだ。嫌だというものを無理強いはできぬ」

「しかし、兄上」

「多紀家としては表立って動けぬのだ」

「そうですよ。行ったところで追い返されるのがオチです」

と、稀代も頷《うなず》いた。

「ですが……」

止めても今にも出かけそうな元堅を見て、稀代がため息をついた。

「私から、香苗どのに仔細《しさい》を尋ねてみますから、今少し大人しくしていなさい」

元堅はようやく渋々頷いたのであった。

その言葉通り、稀代は翌日、さっそく香苗を呼び出し、市原家の様子を尋ねた。

「それが、私にもよくわからぬのです」

押っ取り刀で駆け付けた香苗もまた、平身低頭で「申し訳ありません」を繰り返した。ただ、病気だというのは事実のようで、

「寝込んでいると聞いて見舞いにも行ったのですが、顔を見ることもできないありさまで。まことに役立たずなことです」

と、嘆くのであった。

「それは、何か流行《はや》り病とか？」

「さぁ。ただ、そうかもしれぬと思い、その時は帰った次第です」

「そう。どうしたものかしらねぇ……」

稀代と香苗は顔を突き合わせ、ため息をつき合ったのであった。


数日後、佐保は玉紫改め紫乃の嫁ぎ先である秋津家を訪ねていた。

紫乃の夫である秋津勢之介がこの度、小納戸頭取というお役目を拝することになり、その祝いを持っていくという瑞峰に付き添ってのことだった。瑞峰は婚礼に際しての紫乃の父親代わりを務めており、また、佐保は先日紫乃から贈られた小袖《こそで》の礼をかねての訪問であった。

「ようお越しくださいました」

秋津家の大奥さま須万《すま》と共に現れた紫乃は、髪を丸髷《まるまげ》に結い上げ、もうすっかり色里の匂いが消え、初々しい若奥さまという風情を醸し出していた。

勢之介の母、須万は丸顔で穏やかな笑顔の似合う女性である。おそらくは若い頃から苦労を知らずに育ち、そのまま大家の奥さまに収まったということだろう。

紫乃の嫁入りに際しては、表だって反対こそしないものの、けっしてもろ手を挙げての歓迎ではなかったはずだ。今も心のうちでは思うところが多々あるはずだが、

「とてもよく尽くしてくれてありがたいことだと思っておりますのよ」

と、わざわざ言うところをみると、とりあえずは紫乃を受け入れているようだ。

「勢之介もお勤めによくよく精を出してくれて、頭取にしていただけるなど、本当にありがたいことで……」

勢之介は、江戸城中奥で、将軍の身の回りの世話をする小納戸方を務めていたのだが、この度、百人ばかりいる小納戸衆の中から抜擢《ばってき》されて、頭取の一人に加えられることになったのである。

「これから、ますますご出世されるでしょうな。楽しみですな」

瑞峰が応じると、須万は本当に嬉《うれ》しそうに頷いた。

「はい。それにもう一つ嬉しいことがございまして。ね、紫乃どの」

須万に応じるように、紫乃が恥じらうような笑みを浮かべた。

「もしや、もうできたか！」

瑞峰の声が大きくなった。

「一昨日《おととい》、わかったばかりなのでございます」

「おめでとうございます！　よろしゅうございましたね」

佐保も思わず声を上げていた。

「ええ」

と微笑む紫乃の頬はほんのり朱がさし、滑々とした肌の艶《つや》も良く、匂い立つほどに美しい。花魁《おいらん》のときのような念入りの化粧はしていないのに、よほど今の方が綺《き》麗《れい》だと、佐保は思った。何より、心から慕うお方のそばにいることが、紫乃の表情を穏やかに柔らかくしていた。

「つわりはございませんか？　何か辛《つら》いときにはご遠慮なく」

「ええ、今のところは全く」

「これは来年が楽しみじゃなぁ」

と、瑞峰が目を細めた。多紀家の志津ともほぼ同時期の出産になることだろう。どちらも瑞峰にとっては孫ができるような喜びなのだ。

「ほんに。この人が来た時には、はてさて、どのような次第になるかと、あれこれ気を揉《も》んだりもしたのですが、もう良いことずくめで」

須万はにこにこと笑いながら、そんなことを言う。花魁だった紫乃のことをどう扱えばよいのか迷った——気に入らぬ嫁を貰《もら》ったと取られかねない言い方だが、この人が言うと特に悪気はなさそうだ。

「義母上《ははうえ》さま、またそのような」

と、紫乃もおかしそうに笑っている。

「ですから、良いことずくめだと言っているではありませんか。褒めているのですよ、私は」

まるで本当の親子のように、紫乃と楽しそうに笑い合っているところをみると、須万は思ったことをそのまま口にしてしまうだけで、あまり邪気はない人ということなのかもしれない。

ご大身の嫁となった苦労を計り知ることはできないが、とりあえずは幸せそうで良かったと、佐保は心の中で思った。

佐保たちはそのまま須万自慢の茶室へと案内された。須万の父は茶人だったらしく、その薫陶を受けたのだと話した。

「この人のお点前《てまえ》もなかなかのものですのよ」

と、須万は自慢げに告げて、紫乃にお点前を命じた。

須万に言われるまでもなく、佐保も瑞峰も紫乃のお点前がどれほどのものかよくわかっていた。花魁の修業は多岐にわたる。吉原一の花魁と称された紫乃は茶、花、歌、書のどれをとっても優秀で、誰にも引けを取るはずがなかった。

佐保は久しぶりにじっくりと紫乃のお点前を堪能《たんのう》した。一つ一つの動作が美しく、惚《ほ》れ惚《ぼ》れするほど優雅で気品がある。佐保自身、なんとか追いつこうとして学んだ日々が思い起こされた。

「良いお茶であった」

飲み終えた瑞峰も満足げであった。

その後も話が弾んだ。佐保は小袖の礼を述べ、芝居見物で着たことを話した。

「まぁお芝居を。それは楽しそうなこと」

と、紫乃が羨《うらや》ましそうな声を出した。さすがに外出はあまりできないのだろう。

「白丸屋さんのお嬢さんもご一緒に？」

「いえ、今回はそのぉ……」

言ってよいものか、佐保が言いよどんでいると、瑞峰が口を挟んだ。

「いや、ちと見合いめいたことをな」

「えっ、佐保さんの？」

と、紫乃が驚いたので、佐保は慌てて否定した。

「違います、私では」

「もしや末の弟さまの？」

と、須万が身を乗り出して来た。

「まあな。しかしご縁がなかったようじゃて」

「さようで。でしたら、私の方でも良いお相手をお探しいたしますのに。今ちょうどよいお年頃といえば、大番頭高山《たかやま》さまの美紀《みき》さま、お勘定方の杉浦《すぎうら》さまの玉《たま》さま、それから……」

と、須万はすらすらと数名の名前を挙げた。どうやらかなりの世話好きらしい。茶会を主催することもあり、旗本御家人衆の娘のことは殆《ほとん》ど把握しているようである。

凄《すご》いですねというように、佐保が紫乃を窺《うかが》うと、紫乃は微笑みながら囁《ささや》いた。

「勢之介さまの嫁候補だった方々なのよ」

「まぁ……」

須万はまだ他の娘の名を挙げている。切りのよいところで、瑞峰が尋ねた。

「小普請奉行の市原さまの御息女の名がないようじゃが」

「ああ、菊さまですね。あの方も良いお嬢さまではございますが……」

須万は少し眉《まゆ》をひそめた。

「ん？　何かあるのかな」

気付いた瑞峰が尋ねた。

「いえ、我が家のお茶会にも何度か。確かにお年頃ではありますが……」

本当は続きを言いたくて仕方がない、須万の顔にはそう書いてある。

「何かあるのなら、教えてくだされ、のぉ」

瑞峰は人の好《よ》い笑顔を浮かべて、先を促した。

「ですが、あまり良いお話ではございませんし」

「なれば余計に聞きたい」

瑞峰はなんとか聞き出そうと、噂好きな顔をしてみせた。

「私から聞いたと言われると困るのですが……」

「むろん、そのようなことは言わぬ。さ、何かあるのじゃろ」

須万は頷《うなず》くと、瑞峰にそっと身を近づけ、声を落とした。

「ええ、それがそのぉ、中条《ちゆうじよう》流の医師が呼ばれたという噂なのです」

「何ぃ」

瑞峰が目を剝《む》き、佐保も思わず「えっ」と口を押さえた。

紫乃の顔からも、すっと血の気が引いた。

中条流――戦国安土桃山《あづちももやま》時代、一説に、豊臣秀吉《ひでよし》の家臣であった中条帯刀《たてわき》を開祖とする外科・婦人科の一派のことだ。中条帯刀は陣中に伴われた軍医（いわば外科医）だったようだが、泰平の世になってから、堕胎医が中条流を標榜《ひょうぼう》、偽称するようになり、中条流と言えば、堕胎を意味するようになってしまった。

中条流では「朔日丸《ついたちがん》」「月水早流《げっすいはやながし》」などと呼ばれる堕胎薬が使われた。中身は主に水銀。麝香《じゃこう》や白木槿《むくげ》も使われたとされる。

望まない妊娠を防ぎきれない廓《くるわ》では馴染《なじ》みのものであった。

「噂でございますよ、噂で。ですが、火のないところに煙は立たないと申しますしね、あちらの御屋敷にそういう年頃の方は他にはおりませんし。そのような方をご紹介するわけにはねぇ」

佐保の脳裏には芝居小屋での菊の姿が浮かんでいた。そして、真剣な顔で、「手遅れになってもよいのか」と叫んだ元堅の姿も……。

「あら、何やらお喋《しゃべ》りが過ぎました。私はこれにて。どうぞもう少しごゆっくりなさってくださいまし」

須万はそそくさと茶室を出て行った。

「……悪気はない方なのです」

と、紫乃が須万の代わりに頭を下げた。

「噂好きなお仲間がいらっしゃって」

「お前さんは大丈夫かの」

「お気遣いかたじけのう存じます。私のことをあれこれおっしゃる方がいるのは致し方ないこと。ですが、義母上さまはあのように他意のない方ですし、それに……日々、幸せなことだけを数えて生きていこうと、そう約束を」

それが勢之介との約束なのだろう。紫乃は和らいだ笑みを浮かべた。

「そうか、それはよい心がけじゃな」

と、瑞峰は頷いたが、すぐに、ふーっとため息を漏らした。

「しかし、……どうしたものか。困ったの」

稀代と元堅にこのことを話すべきか、迷っているのだろうか。

怪訝《けげん》な顔をしている紫乃に、瑞峰は元堅の見合い相手が菊であったと明かした。

「まぁ」

「それも、一旦《いったん》は縁組を進めようという話になったのじゃが、先日、やはり破談だということになっての。病気が理由じゃというのだが、元堅の奴がえらく落ち込んおる。このことを教えてやってもよいが、噂を耳に入れるのもなぁ。稀代どのは怒り狂うじゃろうし」

「そうですね」

「あのぉ」

と、佐保が割って入った。

「私が菊さまにお会いしてはいけませんか？」

「会ってどうする気じゃ」

「確かめます。火のない煙なら、吹き飛ばすお手伝いがしたいですし、それにもし、本当に何かのご病気なら、お役に立ちたいですし。元堅さまもあのままでお気の毒です」

「しかしなぁ、どういう名目で行く？　多紀家からというわけにはいかんぞ」

「そうでした……」

やはり駄目かと佐保がため息をついていると、おもむろに紫乃が口を開いた。

「では我が家の使いということにすればどうでしょう。名目はお茶会のお誘いがあるということにして」

「よいのか」

迷惑にならないかと心配する瑞峰に、紫乃は大丈夫だと微笑んだのであった。

急ぎ多紀家に戻った佐保は、元堅にだけ、菊の様子を見に行くと告げた。

「だったら、これを」と、元堅は自室から守り袋を持ってきた。錦紗《きんしや》の袋に「病気平癒」の文字が縫い取られてあるものだ。菊のことを思って貰《もら》って来たのだろう。

「必ずお渡しします」

佐保は大切に受け取った。

市原家を訪ねた佐保は、紫乃に教えられた通りの口上を述べて、菊に会いたい旨を申し出た。取次ぎの者は書状だけを預かろうとしたが、佐保は粘った。

「大奥さまから、直接お渡しするようにと言付かったものでございますので、なにとぞお取次ぎを」

取次ぎの者は困った表情をしていたが、秋津家からの使者を追い返すのも具合が悪いと思ったのだろう。佐保を奥の客間へと通した。

「ようこそおいでくださいました」

ほどなくして、襖《ふすま》が開き、菊が現れた。作法通りに三つ指をついて挨拶《あいさつ》をして顔を上げた菊は、小さく「あっ」と声を上げた。佐保が芝居小屋で会った娘だと気づいたのだ。

佐保もまた、その菊を見て、はっと息を呑《の》んだ。あまりにも様相が変わっていたからである。頰がそげ落ち、顔色も青白い。身体もだいぶ瘦《や》せたようだ。

菊は、佐保の用向きを理解したのだろう。御付きの者に席を外すように命じた。

二人きりになってから、佐保は手を付き、噓をついて訪問した非礼を詫《わ》びた。

菊は小さく笑みを浮かべて、「構いませぬ」と呟《つぶや》いた。

「多紀家のみなさまはいかがお過ごしですか。さぞやお怒りのことでしょうね」

「いえ……あ、確かに大奥さまは少しお怒りですが、でも、元堅さまはとても案じていらっしゃいます」

「案じている？」

「はい。菊さまのご容態を。どのような病にお苦しみなのだろうか、ちゃんとした医師がついているだろうかと」

菊が辛《つら》そうに目を伏せた。

「……やはり、良い御方ですね、元堅さまは」

「そうなのです。それから、これを」

と、佐保は元堅から頼まれた守り袋を取り出した。だが、菊は手を出そうとしない。「病気平癒」の文字をじっと見つめ、「受け取れませぬ」と、弱々しく首を振った。その目が潤んでいる。

「だいぶお痩せのようですが、ちゃんと食べていらっしゃいますか？」

「いえ……何も。何も食べたくないのです」

「そんなことをしていたら死んでしまいます」

「構わないのです」

「どうしてそんな。どんな病かは存じませんが、食べるものを食べなくては治るものも治りません。どうか早く良くなることをお考えくださいまし。元堅さまは菊さまにお会いすることを楽しみにずっと頑張っていらしたのです」

佐保は、元堅が必死に痩せようと努力していたことを話した。

「菊さまに相応《ふさわ》しい殿御になりたいと、あれほど頑張る元堅さまは初めてみました」

だが、菊は悲しそうな顔をしたままだ。

「……もったいない。申し訳ないことです」

そう呟いてから、菊は目を閉じ、小さく咳《せ》き込《こ》んだ。

「もしや労咳《ろうがい》」

思わず、佐保は身を引いた。労咳――肺結核は、江戸時代、不治の病、感染症として怖れられていた病気であった。

「ご安心を。そうではありません」

「では、何でございますか？　何の病で、そのような」

「それは……」

言いよどむ菊を見て、佐保は思い切って告げることにした。

「嫌な噂を耳にしました」

「どのような」

「こちらに、中条流のお医者が」

佐保がすべてを言い終わる前に、菊は目を閉じ、ふっと吐息を漏らした。

それから、ゆるりと立ち上がると、庭に面した障子を開けた。

怒らせてしまったのか。

「申し訳ありません」

佐保は謝ろうとしたが、菊は、小さく首を振った。

「いえ、隠せぬものだと思ったのです」

「噂は本当ということですか？」

菊は返事の代わりに小さく頷《うなず》いた。その顔は庭に向いたままだ。

美しく手入れされた庭には、見事に赤く色づいた紅葉の大木があった。

だが、菊の目は庭の何もない片隅をじっと見ている。

「あそこに、菊の花があったのです。あの人が私のために咲かせた菊の……」

菊は呟くように、ぽつりぽつりと問わず語りを始めた。

菊が恋をした相手……それは出入りの植木職人であった。身分が違いすぎる相手。だが、菊は木や花を慈しむ男の姿に心惹《ひ》かれた。

男もまた、菊に恋心を抱いた。庭の手入れをしているときに聴こえてきた琴の音に恋をしたと、男は後で告白をした。触れ合うことなど許されない、そうわかっていても、互いを愛《いと》しいと思う気持ちは止められなかった。

あるときは、庭の東屋《あずまや》で、またあるときは炭置き小屋で、二人は逢引《あいび》きを重ねた。

「大きな松の枝を伐《き》ったりする人なのに、あの人の指はほっそりとしていて……」

菊は男に触れられたときのことを思い出したかのように、そっと頬に手を置いた。

若い情熱のままの恋が、周りに知られるのは時間の問題だった。

ある日、二人でいるところを菊の父に踏み込まれた。激怒した父は、その場で男を手打ちにしようとしたが、菊は必死に止めた。別れることを約束させられたのだ。

だが、それでも諦《あきら》めきれない菊は、駆け落ちしたいと男に請うたが、怖れを抱いた男はもう菊の望みを受け入れようとはしなかった。

「あの人は私に町人暮らしは無理だと、そう言って……。私が男で、あの人が女であれば、一緒にいられる手立てもあったかもしれませんが」

ともかく別れるしかなかったのだ。

「あの人は親方の娘と一緒になることになって、私にも縁談を……」

「それが元堅さまでですか」

「ええ……」

「あのお芝居のとき、泣いていらしたのはそういうことだったのですね」

佐保の問いに、菊は頷いた。他の女を妻にするという恋人の裏切りに、もだえ苦しみ白蛇へと化身した主人公はそのまま菊自身だったのだ。

菊の瞳《ひとみ》に大粒の涙が浮かんだ。

「お芝居の後、父は大喜びで縁談を進めると言いました。私もそうするしかないのだと思っていました。今は無理でも、いずれ添うているうちに元堅さまを好きになれるであろうと。でも、お返事をしてしばらくして、あの人の子がお腹にいることに気づいたのです」

「それで始末をなさったのですね」

返事の代わりに、菊の目から涙がこぼれ落ちた。

菊の父はひそかに中条流の医師を雇い、子堕《こおろ》しを命じたのだ。

「隠したまま、嫁ぐおつもりでしたか」

「ええ、父はそう言っていました。隠しておけばよいと。でも、ひどい話です。元堅さまにも多紀家の方々にも……。今思えば、隠そうなどとするから、罰が当たったのです」

　強引な堕胎をおこなったため、菊はひどい出血に苦しんだ。熱も高く、うなされ続けた。ようやく症状は治まっても、元のような体調にはならなかった。

「床の中で、私は自分ひとりがなぜこのような目に遭うのか、苦しくて、悲しくて、あの人を恨んでいました。そして……」

　芝居の主人公は、いくら裏切った男でも恋しい人を殺すことはできなかった。しかし菊は違った。

「私はあの人の死を願ってしまったのです。のうのうとほかの女と幸せになるなど許せない。そう思って」

　菊の頬を涙が濡《ぬ》らしている。

　佐保は何と言って慰めていいものか、迷った。

「……ご自分ばかりお責めになることはありません」

「いいえ、責めずにはいられません。あの人は死んでしまったのですから」

「えっ」

今度こそ、佐保は何も言えなくなった。


多紀家に戻った佐保は、瑞峰と稀代、そして元堅に菊から聞いたことを話した。

「その男が、足場から落ちて亡くなったというのは、まことのことか」

瑞峰が尋ねてきた。

「はい。私も気になって、帰り際にその方の親方という人を訪ねてみましたが、本当だと言われました」

「ああ、なんと恐ろしいこと。破談になって良かった。ねぇ」

と、稀代は横で、じっと聞いていた元堅に言った。だが、元堅は頷くこともなく、一つ吐息を漏らしてから、瑞峰に向かって姿勢を正した。

「先生、薬を少し調合してもよろしいでしょうか」

「うん？　それは構わぬがの」

「本当は脈を診て差し上げたいのですが……あ、そうだ。佐保さん、もう少し詳しく病状を教えてくれぬか」

元堅はおもむろに立ち上がった。

「私は構いませんが……」

佐保は稀代を窺《うかが》った。

「もしやそなた、菊どのに？」

驚いた稀代が止めようとした。

「薬を作って差し上げようと思います。病人を見捨てるわけにはまいりませんから」

「うむ。よう言うた」

瑞峰が頷き、元堅は一礼して、踵《きびす》を返した。

「元堅どの……元堅！」

「よいではないか」

と、瑞峰は稀代を押しとどめた。

「けれど」

「あれも多紀家の男だということじゃて、な」

「……ええ」

と、稀代が頷いた。

「佐保さんや、行ってやってくれ」

「はい」

佐保は頷き、すぐに元堅の後を追ったのだった。


翌日、元堅から託された薬を持って、佐保は再度、菊を訪ねた。

「これが血の道に効く薬でございます。どうかご養生なさって欲しいと、元堅さまからの御伝言です」

「……私のことなどお忘れになってくだされればよいのに。どうしてこんなことを。私なども死んでしまった方がよいのですから」

「そんなことをおっしゃるものではありません！」

佐保は思わず声を荒らげてしまった。

「元堅さまは菊さまのお身体を案じていらっしゃるのです。病人を見捨てるわけにはいかないと。元堅さまに対してひどいことをしたとお思いでしたら、この薬は必ずお飲みください」

菊の目からぽろぽろと涙がこぼれた。嗚咽《おえつ》を漏らす菊の手を握りしめながら、佐保は言った。

「……きつく言ってしまい、申し訳ありません。でも、どうかお願いです。お願いですから、死ぬことなど考えないでください」

ひとしきり泣いて、ようやく落ち着いた菊に、佐保は持参していた直径三寸（約九センチ）ばかりの小さな壺《つぼ》を差し出した。蓋《ふた》を取った中には、親指人ほどのつやつやとした赤い実が詰まっている。

「これは私が作ったナツメの甘露煮です」

生薬では大棗《たいそう》と呼ばれる干しナツメは血を補い、さらに鎮静効果をもたらすとされる。佐保はこれを黒砂糖で煮て、日持ちのする甘露煮にしたのだ。

「ナツメ……」

「ええ、美人で有名なかの楊貴妃《ようきひ》は毎日三粒のナツメを食したとか。とにかく今の菊さまは血が足りておられません。どうか、毎日一粒でよろしいのでぜひお試しになってください。このまま食べていただいてもいいですし、お湯をさしてお茶のようにしてお飲みになってもよいですから」

こくりと頷《うなず》くと、菊は壺と元堅の作った薬包を胸に抱いた。

「……私は生きていて良いのでしょうか」

「もちろんです。折を見て、また持ってまいりますから」

菊は小さく首を振ると、

「ナツメならうちの庭にもありました。侍女に言って作ってもらうようにします」

「では作り方を書いておきますね。筆と紙をお借りできますか」

「ええ。ありがたく……この御恩は忘れません」

菊はようやく微笑んでくれたのであった。


後日、菊は徐々に元気を取り戻した。しかし、当然ながら、元堅との縁談はなくなった。佐保の元へ届いた礼状の最後には、年が明ける頃、尼寺に入り、男と水子の菩提《ぼだい》を弔うつもりだと書かれてあった。

ところで、元堅はといえば――、

「あ～、やっぱりこれだ。うむ」

と、今日も満足そうに塩豆大福を頰張っている。口の周りや手が餅粉《もちこ》で白くなってもお構いなしだ。あんなに頑張って痩《や》せたのに、あっという間に元通りだ。

ま、それも元堅らしいといえば元堅らしいのだけれど。

「はぁ……」

佐保は大げさにため息をついてみせた。

「ん？　なんだ。仕方ないなぁ。欲しいなら、欲しいと言えよ」

元堅は佐保の目の前に、塩豆大福を一つ、ぐいと差し出したのであった。

第三話　初　恋

一

十月の終わり、吉原ではようやく焼けた楼閣の建て直しが終わった。

颯太は、深川の仮宅の営業でお世話になった町名主らの接待を終えて、男衆の清蔵と二人、大川の掘割沿いの日本堤を歩いていた。

晦日《みそか》の月は髪一筋ほどの細さしかなく、提灯《ちょうちん》を提げていても夜道は暗く、北風が頬を刺すように冷たい。この辺りは吉原への通い道として知られる。もっと昔は追いはぎが出るとか、辻《つじ》斬りが出るとか言われた物騒な場所であったが、今は吉原通いの客目当ての船宿が増え、屋台なども並ぶようになった。もっとも今は閑散としていて、店主らは吉原の再開を指折り数えて待っているに違いなかった。

「なぁ、一杯、ひっかけていくか」

珍しく夜泣き蕎麦《そば》の屋台が出ているのを目にして、颯太は清蔵を誘った。

清蔵は「いいですね」と頷いたくせに、颯太の側をそっと離れた。

どうしたと問おうとして、颯太は清蔵の視線の先に、女がいることに気づいた。

小走りにやってきた、その顔は小夜だ。何だかとても思いつめた顔をしている。

「なんでぇ、驚かすなよ」

颯太はわざと明るく微笑んでみせた。その笑顔を見てほっとしたのか、小夜も少し笑顔になった。

「颯さん、私ね、私、やっぱり颯さんがいい。颯さんじゃなきゃ嫌だ」

小夜は荒い息のまま、一気に言った。

「馬鹿か……」

苦笑した颯太に、小夜はむしゃぶりついてきた。

「だって、雅吉さんとはなんでもないんだよ、本当だよ」

小夜の声がふるえている。

「わかった、わかったって」

颯太は後ろに控えていた清蔵に先に帰るように手で合図してから、小夜の顔を覗《のぞ》き込んだ。案の定、泣いている。

「なんて顔してんだ」

笑いながら、颯太は小夜の涙を指で拭《ぬぐ》った。

「腹、減ってねぇか」

颯太は、小夜を抱き寄せるようにして、夜泣き蕎麦の屋台へ目をやった。と、その時であった。

「うわぁっ！」

という声と共に、屋台の陰から男が飛び出してきた。

「雅吉？」

その手に包丁が握られていることに気づいた颯太は、小夜を脇に逃がそうとしたが、雅吉の目は颯太を睨《にら》みつけていた。

「何の真似だ」

「あんたが邪魔なんだ」

「やめて！」

小夜は悲鳴を上げて、颯太と雅吉との間に立った。

「危ねぇから退《ど》いてろ」

颯太は小夜を逃がそうとしたが、小夜は動かず、雅吉をひたと見た。

「嫌だ。やめて、やめとくれ」

「なんでだ。なんでこんな奴がいいんだ」

雅吉はこれまで颯太が聞いたことのない、暗い声をしていた。

「言ったはずだよね。あんたじゃないって」

「こいつがいるからだろ。いなきゃ、それでいいんじゃねえのか」

「退けって」

颯太は小夜を背後に隠そうとしたが、その刹那《せつな》、雅吉が突進してきた。

「うっ！」

雅吉の包丁が、小夜の右脇に刺さった。

崩れ落ちる小夜を颯太が慌てて抱えた。

「ああ、ああ……」

雅吉は呆《ほう》けた顔で、小夜の前に崩れ落ちた。

その時、騒ぎに気付いた清蔵が戻ってきた。

「てめぇ、この野郎！」

清蔵は雅吉を殴ると、馬乗りになり、地面に押さえつけた。

「若旦那《わかだんな》、大丈夫ですかい」

「俺は平気だ。それより医者だ、医者！」

颯太は怒鳴った。

「しっかりしろ、いいか、しっかりするんだ」

気を失いそうになっている小夜を颯太は懸命に励まし続けた。


深手を負った小夜はすぐさま戸板に乗せられて医学館に運ばれた。

居合わせた元胤は小夜の身体に刺さったままの包丁をひと目見て、

「よく抜かなかったな」

と、付き添ってきた颯太を褒めたが、颯太は自分ではなく、清蔵の手柄だと言った。控えめに清蔵が頷いた。

「以前何度か、抜いたばっかりに、血が出過ぎて死んだ野郎を見てましたんで」

小夜は青ざめ震えもあるが、まだかすかに意識があり、「颯さん……颯さん」と、颯太の名を呼び続けている。

「ああ、俺ならここにいる」

颯太は小夜の手を握りしめた。

「先生、こいつは大丈夫ですか？　助かりますか」

「うむ……急所は外れているようだが、もうしばらく頑張ってくれよ」

元胤はそう小夜に声をかけると、すぐに友人の町医者荒木相俊《あらきそうしゅん》の手助けが必要だと言った。相俊は三十になったばかり。話し好きで少々がさつな物言いをするが、医学に対する知識欲は、学究肌の元胤も舌を巻くほどで、本道（内科）に加え、金創（刀傷や槍《やり》傷のこと）の心得も豊富なのだ。


日本の外科、金創外科にはいくつかの流れがある。戦国時代、ポルトガル宣教師クリストバン・フェレイラ（棄教後帰化し、沢野忠庵《さわのちゅうあん》を名乗る）やルソン（フィリピン）に渡りのちに帰国した栗崎道喜《くりさきどうき》など外国からもたらされた南蛮流、播磨《はりま》の鷹取《たかとり》秀次《ひでつぐ》による漢方系外科の鷹取流、そして、戦場での傷兵手当をおこなう者たちから生まれた金創医の流れである。この中ではやはり南蛮流がもっとも合理的な治療を行っていたとされる。そして、これらの流れに江戸時代に入って、蘭方の医学知識が加わっていくのである。


相俊は派閥に捉《とら》われない考えの人物で、これらの良いところを吸収していた。

「あっしがひとっ走り」と清蔵が使いに出て、すぐに相俊を連れて戻った。元胤、元堅と共に手術が行われることになり、佐保も手伝いに駆り出された。

「いいか、動かぬように、強く押さえていてくれ」

相俊は小夜に術前の薬湯を含ませた。それから元堅に小夜の身体を強く押さえるように命じた。佐保は小夜の口に布を噛《か》ませた。舌を噛み切らないためである。

小夜の白い肌に突き刺さっている包丁が禍々《まがまが》しく痛々しい。

「うう っ！」

包丁を抜いた途端にだらりと血が流れだした。激しい痛みに悶《もだ》え苦しむ小夜を押さえきれず、さらには、手術を見ること自体が初めてだった元堅は吐き気を催し、足元で見守っていた颯太が途中から代わって小夜を押さえ続けた。

傷口を見た相俊と元胤は、頷《うなず》き合った。

「良かった。肋骨《ろっこつ》で止まってくれていたようだ」

「ああ」

凶器の包丁は骨で止まり、肺などの臓腑《ぞうふ》への損傷がほとんどないのが、不幸中の幸いであった。

相俊は焼き鏝《ごて》を使って手際よく血止めをし、疵口《きずぐち》を焼酒で洗い、縫合していった。

「……よし、これでひとまず様子を見よう」

手術自体は無事に終わった。病室に移された小夜は血の気は失《う》せているものの、静かな息を立てている。

気付けば、もう白々と夜が明けようとしていた。

手術を終えて、一服している相俊たちに佐保は温かい茶を振舞った。

颯太は、小夜のそばにつきっきりになっていた。

「お茶、ここ、置くよ」

「ああ」

返事はするものの、颯太は小夜から目を放そうとしない。

そっと、お茶を脇に置いて、佐保は病室を出た。

台所に戻ると、賄い方の田辺耕三郎とマサが出てきていた。

「ああ、佐保ちゃん、夕べは大変だったんだって」

「ええ」

「でも怖いね、男を手玉に取ったりするからそういうことになるんだよね」

「いえ、小夜さんはそういう人じゃないと思います」

「知ってる人かい？」

「ええ、まぁ」

と、佐保は頷いた。小夜は颯太のことだけを思っていたはずだと佐保は思った。

「犯人は捕まったのか」

「ええ、清蔵さんがその場で捕まえたそうですから」

そこへ、清蔵が飲み終えた茶碗《ちゃわん》を返しに来た。

「お世話になりまして」

「清蔵さん、捕まった人っていったい」

どんな人なのかと佐保は問うた。

「雅吉っていう、玉屋の建て替えをやってくれてた大工です。奉行所には引き渡しましたんで、もうご安心を」

「では襲ってきた理由は仕事の揉《も》め事か」

と、耕三郎が問うた。

「いえ、揉め事はあっしが知る限りじゃなかったはずで、若旦那も頼りにしていた大工でしたし」

「じゃあさ、颯太さんとあの女を取り合ってたとか」

と、マサが身を乗り出したが、清蔵はさぁと首を振った。

「あっしがもう少し気を付けときゃ、あんな怪我は……。じゃ、後よろしくお願いします」

清蔵は一礼してあっさりと踵《きびす》を返した。マサはつまらなそうな顔になったが、それ以上は問いかけても無駄だろうと、佐保は思った。

清蔵は廓《くるわ》の男の中では人当りは良い方だが、寡黙だ。だいたい、廓の男衆はみな口が堅い。廓の内で起きたことを決して外には漏らさないように躾《しつ》けられているせいもあるが、特に色恋沙汰《ざた》の刃傷話には口をつぐむものなのだ。

「さ、みなさまに朝餉《あさげ》の支度をしよう」

耕三郎が手を動かすように命じ、マサは水汲《く》みに出て行った。佐保も続こうとしたが、呼び止められた。

「佐保さん、怪我人が目覚めるまで、これを時折布に浸すかして、口に含ませてやってくれ」

耕三郎は薬湯らしい液体の入った椀《わん》を差し出した。

「独参湯《どくじんとう》だよ」

「はい」

佐保は両手で大切に受け取った。おたね人参（高麗人参《こうらいにんじん》）を煮詰めたもので非常に高価かつ効き目の高い薬であった。明《みん》代の外科書物『外科正宗《げかせいそう》』によれば、刀傷などで大きな出血を起こしてなかなか覚醒《かくせい》しない者に対して服用させるとよいとあり、血流をよくするので傷の修復にも効果があるとされるものであった。

「もし血が止まらぬようであれば、藕節《ぐうせつ》も与えるとよい」

「藕節、蓮根《れんこん》ですね」

と、佐保は頷いた。蓮《はす》は根も花も実も茎、葉に至るまで、捨てるところがない生薬である。漢方で藕節と呼ばれる蓮の地下茎は、止血や腫《は》れを取る効果に優れているのだ。

「それと、最初は傷口が熱を持つだろうから冷やしてやること。だが、冷やしすぎはよくない。血が滞らぬよう凍傷を起こさぬように気を付けて、怪我人が心地よいと思うぐらいにしておいてやるのが肝要だ」

「はい。わかりました」

と、一旦《いったん》頷いた佐保だが、耕三郎に訊《き》いておきたいことがあった。

「縫った痕《あと》というのは、ひどく残るものですか」

「うむ。年が経てば徐々に薄くはなるが元通りというわけにはいかぬ。……そうか、瘢痕《はんこん》か、若い女の肌だものな。できれば消してやりたいか」

「はい」

少しでも目立たないように治せればと佐保は思案していたのである。

「後で、相俊先生にも尋ねるといいが、食べられるようになったら、血の巡りがよくなるような食事を作るとよいだろう。傷も早く治るからな」

やはり血の巡りが大事なのだと佐保は思った。

すりおろした蓮根で作った団子汁が佐保の頭の中に浮かんできた。ふわふわの団子汁は体力の落ちた人にも食べやすいものだ。身体に籠《こ》もった熱を冷ますと同時に、体内の潤いを補い、止血効果も万全だ。生姜《しょうが》を少し入れると、身体も温まり、血の巡りにも良いだろう。

「ただ、身体が温まるからと無理をして動くのは良くないんだ。安静にしていないと痛みやむくみも出てくるし、痒《かゆ》みが出て、傷を掻《か》きたくなるしな」

そう言いながら、耕三郎は自分の右手首に巻かれた布を左手でさするしぐさを繰り返していた。無意識のしぐさのようだが、今もまだ痒みがあるのだろうか。佐保は思わず耕三郎の手を注視してしまった。

「あぁ、これか」

佐保の眼差《まなざ》しに気づいた耕三郎が手を止め、苦笑いを浮かべた。

「すみません」

「いや」

気になって当然だと耕三郎は微笑んだ。

「これもな、刀傷なのだ」

さらりと耕三郎は言った。斬り落とされたということなのか。佐保は一瞬言葉に詰まり、恐る恐るこう問いかけた。

「……辻《つじ》斬りにお遭いになったのですか」

「いや。まぁ、ちょっとした喧嘩《けんか》かな」

耕三郎はあくまで穏やかな口調のままだが、けっしてちょっとした喧嘩などではないと佐保は直感した。

「冬場に冷えるといまだに少し痛む。おかしなもので指の先が痛むのだよ」

「指の先……」

「おかしいだろ。もう指などないのにな。幻が痛みをもたらす幻視痛と言うものらしい」

耕三郎は自嘲《じちょう》気味に笑ってみせたが、佐保はなんだか悲しかった。

「幻が痛みを……」

いったいこのお方はどんな幻を見ているのだろう——。

「ともかく、時間はかかっても傷はやがて癒《い》えるさ」

心配ないというように、耕三郎はポンと軽く佐保の肩に手をやったのだった。

佐保が薬湯を持って小夜の病室へ向かうと、颯太が出てくるところであった。

「さっき、少しうなされているようだった」

「じゃ、じき目が醒《さ》めますね」

と、佐保は応じた。

「それまでいてやりたいが、今日は用事が立て込んでる。悪いが、後は頼む」

颯太はすまなそうに佐保に頼んだ。

ただでさえ、数日後に迫った酉《とり》の市の再開に向けて、廓は今、猫の手も借りたいほどの忙しさだ。それに加えて、北町《きたまち》奉行所に呼ばれているという。

「事情を訊きたいからってよ」

犯人の雅吉は北町奉行所での取り調べに素直に応じているらしいが、その裏付けに颯太の話が必要だということらしい。

「事情って」

恨まれていたのかと、恐る恐る佐保は尋ねた。

「いや、仕事はきちんとやってくれてたし、俺を嫌ってるとは思ってなかった。けど、人ってのはどこでどう恨みを買うのかわからねぇもんだ。こっちはそれが良いと思ってやったところで、相手が気に食わねぇってことはよくある話だろ」

「……うん、そうだね」

と、佐保は頷《うなず》いた。

「それとな、できれば、できればでいいんだが、傷が残らないようになんとかならねぇだろうか」

颯太も小夜に傷が残ることを気にしていた。

「颯ちゃんも気になる？」

廓では女は商品だと言う。小夜は廓の女ではないが、やはり颯太も女の価値を肌の美しさで判断するのだろうか。佐保は颯太がそんな男になっていないことを願っていた。

「俺か？……俺は肌に傷があろうが、痣《あざ》があろうがそんなことはどうでもいいんだが、ああいう傷は目にするたびに、あいつが嫌なことを思い出すんじゃねぇかって、そう思ってさ。ああ、あいつに言うなよ、こんなこと」

颯太は少し照れたような顔になった。

「わかってる」

と応じながら、佐保は「良かった」と心の内で呟《つぶや》いた。

颯ちゃんは颯ちゃんのままだ。

「な、消せるものか？」

「……消えるかどうかはわからないけれど、できる限りのことはしてみる」

佐保は悩みつつ答えた。廓《くるわ》の火事で玉紫花魁《おいらん》が火傷《やけど》を負ったときも、佐保はできる限りのことをしたが、結局は火傷痕を消すことができなかったのだ。

「高い薬が必要なら言ってくれ。これ、当座の足しに」

そう言うと、颯太は懐から財布を取り出し、そのまま佐保に渡そうとした。

「受け取ったらいけないことになってるから」

押し戻そうとしたが、颯太は強引に佐保の手に握らせた。どれだけ入っているかわからないが、財布の重み以上に颯太の思いの強さがあった。

「あいつは俺の代わりに刺されたんだ。できる限りのことはしてやらないと」

「でも……」

「だったら、俺から医学館への寄進だ。ならいいだろ」

「……うん」

「いいか、あいつには内緒だぞ。俺、当分来られねぇからさ。頼んだな。あ、いや、よろしくお頼み申します」

急に颯太が改まった言葉遣いになり、頭を下げた。

「え？」

「なりが変わっても昔のまんまだからさ、つい口が滑る」

そう言って笑う顔は佐保にとって子どもの頃から見慣れたものだった。

「いいのに」

「いや、そうはいかねぇ。どうかよろしく頼みます」

と、颯太はもう一度丁寧に頭を下げた。

「わかりました」

佐保が頷くのを見て、颯太は安心したように微笑み、去っていったのだった。

二

十一月、最初の酉の日となった。

お酉様、酉の市の祭礼で知られる鷲大明神社の御神体は天日鷲命《あめのひわしのみこと》と日本武尊《やまとたけるのみこと》である。

その社伝によると天照大御神《あまてらすおおみかみ》がお隠れになっていた天之《あまの》岩戸《いわと》からお出の際、鷲が現れたのを見て、神々が世を明るくする瑞象を現した鳥だとお喜びになったとある。後に、日本武尊が東夷《あずまえびす》征討の際、この社で戦勝祈願をおこない勝利した。そこで、社前の松に武具の「熊手」をかけて勝ち戦を祝い、お礼参りをしたのが、十一月酉の日であったため、この日を例祭日と定めたのである。

これが酉の祭り、「酉の市」の由緒とされる。（もとは「酉のまち」と呼ばれていた。この「まち」は祭りの意味）

江戸時代には、来る年の開運、授福、殖産、除災、商売繁昌《はんじょう》をお祈りする祭礼として広く知られており、かなりの賑《にぎ》わいぶりであった。江戸案内書である「江戸名所図会」によれば、「この日近郷の農民家鶏《にわとり》を献ず。祭り終はるの後、ことごとく浅草寺観音の堂前に放つを旧例とす」とあり、晴れ着姿で集う老若男女、武家、農民の姿が鶏と共に描かれている。

例祭日の午前零時を期して、社殿では一番太鼓が打ち鳴らされ、賑やかな祭りの始まりとなるのだ。

酉の市のときには社務所で神様の御分霊として熊手に稲穂を飾り付けたお守りが授与されるのだが、これとは別に縁起物として華やかな熊手守りを売る店も軒を連ねる。こちらは熊手に檜扇《ひおうぎ》、中央にお多福の面、左右には大福帳と千両箱というのがもっとも一般的な飾り付けであったが、年ごとにだんだんと派手で大きいものが現れて、金の俵や宝船に乗った七福神があったり、松や梅の飾りがあったりとそれは賑やかなものとなっていった。

火事での焼失後、ようやく再建した廓に酉の市帰りの客が詰め掛けたこの日、瑞峰、元堅、荒木相俊、そして佐保も大門をくぐった。

色々と世話になっているお礼にと、颯太から男たちへ招待したい旨の連絡があり、佐保はそのお供に加わった形であった。小夜の容態は快方に向かっていて、もう付きっ切りでいる必要がなかったのと、瑞峰から玉屋の遣《や》り手のお梶の耳鳴りがひどいという話を聞いたということもあった。

幼い頃に吉原で拾われた佐保にとって、お梶はいわば母親代わりの女。彼女は今でこそ女たちを取り仕切る遣り手という立場にあるが、若い頃は遊女で、その頃の無理がたたっているのか、腎《じん》から来る身体の不調を訴えることが増えていた。

漢方では腎は生殖に深くかかわりがあるとされる。多紀元徳が詠んだ養生歌にも、「腎水は人の命の本《もと》なれば惜しみてもちて大切にせよ」とあるように、腎の主な機能は精気を貯蔵することにあり、精気は人が生きていく元となる重要なものなのである。

腎の精気（腎精）には生まれた時に父母から受け継ぐ「先天の精」と、その後生育するにしたがって作られる「後天の精」があり、これにより、思春期に性徴が現れ、子をなすことができるようになる。すなわち腎精が不足していると、若年では初潮の遅れ、不妊、精力減退、勃起不全《ぼっきふぜん》、早期閉経などが起き、中年以降には抜歯、白髪、尿失禁、足腰の衰えなどの老化現象が生じる。耳鳴りもこの一つである。

お梶はすでに五十を超えていて老齢に入ってきていた。腰痛持ちでもあり、夜中の頻尿もある。白髪や皺《しわ》も目立つようになってきて、身体の潤いも不足がちだ。なので、腎の養生は必須《ひっす》であった。腎を養うには、黒豆、きくらげ、山芋、昆布などが良いとされる。そこで、佐保はお梶の好物でもある黒豆を煮て、持っていきたいと瑞峰に申し出たのであった。

佐保にとって、あの火事の日を除けば、久方ぶりの大門である。思えば去年の八月の終わり、料理人としての才を見出《みいだ》されて医学館へ行くことになり、ここで玉屋のみんなと別れた。あの時、送り出してくれた玉紫花魁も吉原を出たし、佐保自身もあの後、実の父と再会を果たすことが叶《かな》った。今、武家娘姿となってこの漆黒の冠木門《かぶきもん》をくぐっていることに、佐保は深い感慨を覚えた。

大門脇の四郎兵衛《しろべえ》会所で通行切手を見せて、佐保は中に入った。吉原は大門が開いている間であれば男の出入りは自由だが、女はどんな時でも切手（通行許可証）が必要だ。

廓の中に一歩足を踏み出すと、そこは昔からの絢爛《けんらん》豪華な世界が広がっていた。夕刻の早い時刻ではあったが、もう人で溢《あふ》れかえっている。

仲之町《なかのちょう》と呼ばれる中央の広い通りには、再開を祝う雪洞《ぼんぼり》や提灯《ちょうちん》が並び、その中央には巨大な熊手飾りが掲げられてあった。檜扇にお多福は同じだが、金銀財宝がこれでもかと飾り付けられ、否《いや》が応でも目を惹《ひ》く。極彩色の極楽鳥を模した飾りがあるのは酉《とり》の日を祝うご愛敬《あいきょう》だろうか。

さらにその周りを、これまた大小さまざまな熊手を持った男たちが楽しそうに歓談しながら歩いている。武家娘姿の佐保がいるのに気づきはしても、みな今宵《こよい》の楽しみに心浮き立つ思いなのだろう。さほど気にも留めていない様子なのが幸いであった。

佐保たちはその男たちを縫うようにして、玉屋を目指した。

「ひやぁ、佐保ちゃんだぁ」

「見違えた。元気だった」

　客待ちをしていた馴染みの遊女たちが口々に佐保の来訪を喜んでくれた。みな佐保にとっては家族のような人たちである。

　女たちにいざなわれるままに、佐保は見世の一階の広間に上がった。ここは新しく作った部屋で、二階へ上がる前の待合室のような役割をする場所のようだ。

　そんな中、男たちの出迎えに出てきた颯太は、女たちに囲まれている佐保に気づいて、何で来たのかと言いたげな顔になった。

「お梶さんに渡したいものがあって来ただけだから」

　佐保が先を制した。これとばかりに、重箱を抱えあげてみせると、颯太はしょうがないというように一つ吐息をついた。

「わかりました。用が済んだら、すぐ帰ってくださいよ」

　今日の颯太はひどく他人行儀だ。

「はい。あ、小夜さん、だいぶ調子が良いようですからね」

　心配しないでと佐保は微笑むと、颯太は頷《うなず》き、清蔵に奥にいるお梶を呼んでくるようにと頼んでくれた。

「え！　わざわざ私なんぞのために」

お梶は慌てて出てくると、「まぁ」と口を開け、佐保の武家娘姿を眩《まぶ》しそうに見つめた。

「すっかり変わってしまって……よかったねぇ、ほんに」

しみじみとした口調のお梶に、佐保は重箱を渡した。

「お梶さんの好物の黒豆よ。日持ちするように少し甘く炊いておいたから」

「へぇ、そうかい。わぁ、綺麗《きれい》だねぇ」

蓋《ふた》を開けると、中につやつやと黒光りしている豆が並んでいるのを見て、お梶は嬉《うれ》しそうな声を上げた。黒豆の中から小さな赤い実が顔を出している。

「この赤いのは、クコかい」

「ええ。どちらも柔らかく炊けてると思うから」

「そりゃ助かるよ」

と、お梶が嬉しそうに笑った。近頃は歯の具合もあまりよくないという。

「用心しなくちゃ駄目じゃない」

「あれ、叱られちまったよ。ま、そうか。こういうのをあれかい。負うた子に教えられって言うんであ りんすかね」

そう言いつつ、お梶は一瞬涙目になったが、すぐに、

「ああ、ヤダヤダ、湿っぽいのはめでたい日にはご法度、ご法度」

と、笑ってみせた。その時であった。

見世の玄関口から怒号が聞こえてきた。女たちは顔を見合わせ、瑞峰たちと談笑していた颯太の顔にもさっと緊張が走った。

「ちょいとすみません」

颯太は瑞峰たちに一礼し、踵《きびす》を返した。佐保もつい心配になって、玄関を覗《のぞ》いた。

「なぜ通さん！」

「ですから、お武家さま、御腰のものをお預かりをと」

「嫌と言うたらどうなる」

清蔵が丁寧に腰を折って、月代《さかやき》の伸びた浪人風体の男に刀を預からせて欲しいと願っていた。

「お客様、無理をおっしゃっては困ります」

清蔵はあくまで低姿勢を崩さず、巧《うま》くあしらおうとしているようだったが、浪人は言うことを聞かない。どうやらひどく酔っているようだ。口汚く罵《ののし》っているが、身体はふわふわと定まっていない。痩《や》せて窪《くぼ》んだ目だけがギョロッと据わり、異様な空気をまとっている。

出て行った颯太が、すっと浪人の前に立った。

「お客人。ここは遊里。刀は野暮でござんすよ。それにだいぶお過ごしのご様子。今日はお引き取りを願います」

「なんやと！」

「怪我をしないうちにお帰りをと言ってるんで、わからないお人だな」

「何ぃ、無礼やろが！」

言うや否や、浪人が刀を抜いた。

「きゃぁ！」

奥から客を見送りに出てきた遊女の玉夢《たまゆめ》が悲鳴を上げた。すると、浪人は何を思ったか、その玉夢の喉元《のどもと》に向かって刀を突き付けた。

「お前でええ。相手をせぇ」

「ひぃ」

指名を受けた玉夢は悲鳴を上げて固まってしまった。

ふっと浪人が不気味に鼻で笑った。身体はゆらゆらしているのに、突き出した刀はまっすぐに玉夢の喉を狙っているのだ。

下手に動くと斬られてしまう。颯太は鋭い視線を浪人に向けたまま、清蔵に合図を送った。清蔵はそっと、浪人の横手へと動いた。

「うぅわぁ」

玉夢の後ろにいた客が腰を抜かした。浪人は無様にひっくり返った客を見降ろし、

「ハハハ」と笑い声をあげた。その一瞬の隙を逃さず、颯太が浪人との間合いを詰めた。

「邪魔立てする気ぃか!」

気配を感じた浪人はすかさず、颯太に向かって、刀を薙《な》ぎ払った。すんでのところで、颯太は躱《かわ》すことができたが、酔っていなければ危なかったと思わせるほどに、浪人の刀は鋭かった。

颯太が息を呑《の》んでたじろいだのをみて、浪人はいかにも愉快そうに口元を緩めた。

「俺を舐《な》めたらあかんぞ」

颯太は返事の代わりにぎゅっと唇を嚙《か》んだ。清蔵もほかの男衆も動くことが出来ず、じっと浪人を睨《にら》んでいる。

このまま膠着《こうちゃく》状態が続くのか、そう思った次の瞬間だった。浪人が激しく咳《せ》き込み始めた。息をするのも苦しそうにぜいぜいと喉を鳴らす。口を押さえた手から鮮

血が溢《あふ》れ出た途端、彼は膝《ひざ》から崩れ落ち、白目を剝《む》いてひっくり返ったのであった。気を失った浪人の手からすぐさま刀が取り上げられた。

「どうしやす」

清蔵が颯太に問いかけたとき、奥から出てきた瑞峰が声をかけた。

「颯太よ、戸板を用意してくれんかの」

「うちに連れて帰るんですか」

続いて出てきた元堅は驚き、颯太も「ご迷惑では」と言ったが、瑞峰が一喝した。

「ほかに方法があるか。こやつは労咳《ろうがい》じゃぞ」

「ひぃ」

労咳と聞いて、様子を覗きに出てきた遊女たちが一斉に蜘蛛《くも》の子を散らすように離れた。江戸時代、労咳、結核は不治の病として怖れられており、感染は脅威だったのである。

浪人はすぐさま戸板に乗せられ、血で汚れた玄関は塩で清められた。

「とんだことで、申し訳ございません」

謝る颯太に、瑞峰は笑ってみせた。

「楽しみは次に残しておくわ」

「ご心配なく、私が先生たちの分も飲んでおきますから」

相俊が笑って見送る中、瑞峰は元堅と佐保を従えて踵を返したのだった。


医学館では居残っていた田辺耕三郎が出迎えた。

「えらくお早いお帰りで」

「ああ、病人が出たのでな。高橋《たかはし》は帰ったか」

瑞峰は病室の部屋割りを管理している医師の名を呼んだ。

「はい。もうお帰りですが、入所させるので」

「ああ、できれば他の者がおらぬ部屋がよいのじゃが」

耕三郎は、瑞峰の後ろの戸板にちらりと目をやった。玉屋の男衆たちが戸板を抱え、佐保と元堅が付き添っていた。

「男ですね。東のイがよろしいでしょう。今いる患者には隣りに移ってもらって」

賄い方として患者の食事管理をしている耕三郎は、どの病室にどういう患者が入っているかも全て把握しているのであった。

「よし、すまんが手伝ってくれんか」

「はい」

耕三郎はもう一度戸板の患者に目をやった。浪人は目を閉じ眠っているかのように見えるが、その口元に血の痕《あと》がついている。

口元からもう一度、目へと、耕三郎は浪人の顔をしげしげと眺めている。耕三郎にしてはきつい眼差《まなざ》しで、佐保は気にかかった。瑞峰も気になったようで、

「ん？　なんじゃ。どうかしたか」

「……急ぎましょう」

問いには答えず、耕三郎は奥へと先導に立ったのだった。

三

翌朝、佐保はいつものように小夜の元に食事を運び、包帯を替える手伝いをしていた。傷口はきれいに塞《ふさ》がってはいたが、まだ禍々《まがまが》しい色は残っている。だが、幸いなことに赤いミミズばれのような瘢痕《はんこん》（ケロイド）にはなっていないようだ。

「傷はきれいですね」

佐保は小夜に安心させようと告げた。

「まだ痛みますか？」

「そりゃ横になるときにね。でも、だいぶマシ」

「良かった。さ、できました」

包帯を取り替え終わった佐保に向かって、小夜は少し改まった顔になり、身をただした。

「色々ごめんなさい。それと、ありがとう」

「どうしたんです。そんな」

「ううん。前に嫌なこと言っちまった。それなのに、こんなに良くしてもらって。まだちゃんとお礼言ってなかったし」

そう言われて初めて、小夜から颯太の好物を訊《き》かれたときのことを佐保は思い出した。知らないと答えた佐保は、小夜から意地悪だと毒づかれたのだった。

「ああ、あんなのいいですって」

「でも、ひどいこと言っちまった。ごめんね」

「ひどいのは颯ちゃんの方ですよ。あの後もね、気になって訊いたら、『好物はお前の作るもの以外なら全部』なんて憎たらしいこと言うんだもの」

「え〜、そんなこと言うの。そりゃひどい」

「でしょ」

佐保がふくれっ面をしてみせると、小夜がおかしそうに笑った。小夜が笑顔になったのが、佐保には嬉《うれ》しかった。

「ね、夕べ、なんかバタバタしてたね」

と、小夜が問いかけてきた。

「お武家さまがお一人……実は吉原で」

と、佐保は、夕べの吉原の玉屋での出来事を話してきかせた。

「颯さん、怪我はなかったんだね」

「ええ。大丈夫です」

「そっか、よかった」

そう小さく呟《つぶや》いた小夜の横顔がなんだかとても寂しそうに見えた。

「颯ちゃん、忙しいからなかなか見舞いに来られないけど、小夜さんのことはとても気にかけてましたよ」

「嘘だよ、そんなの」

「嘘じゃないですって」

「いいんだよ、気を遣ってくれなくても」

絶対違うと小夜は首を振った。

「なんで、嘘だって思うんですか？」

佐保の問いに、小夜はふっとため息を漏らした。

「……だって、雅吉さんがあんなことをしたのは私のせいだもん」

そう言ってから、小夜は自嘲《じちょう》気味に笑った。

「中途半端に優しくしちまったんだ。あんな風に思い詰めるだなんて気づいてなくてさ」

「小夜さん、雅吉という人のこと、好きだったんですか」

「好きっていうか、なんか弟みたいでさ。つい世話をね」

男として見ていなかったと小夜は言ったが、雅吉は小夜を女として見ていたのだ。

「……雅吉さん、どうなっちまうんだろ。所払いぐらいで済んでくれたらいいけど。……あ、そっか、そういうのがいけないのか」

小夜はぽつりと独り言のように呟いた。自分を傷つけた相手でも気遣ってしまう。そういうところが小夜の良いところだが、それこそが中途半端な優しさなのかもしれなかった。

「お奉行所に、少しでも罪が軽くなるように申し出ようかって思ってみたり、でも、それでまた顔を合わすのは怖いしって思ってみたり……。颯さんだってさ、こんなこと、もう御免だろうし、私の事、面倒だろうし」

「颯ちゃん、そんなこと思ってやしませんよ」

佐保はきっぱりと言ってのけた。

「そんな人じゃないです、颯ちゃんは」

しかし、小夜は弱々しく吐息をつくだけだ。佐保は小夜に微笑みかけた。

「もう少し暇になったら、来てくれますって。それまでにもっと元気をつけておきましょう。残さず食べてくださいね」

「ああ、そうする」

小夜が御粥《おかゆ》を食べ始めたのを見てから、佐保は病室を後にした。

廊下に出ると、ちょうど昨日、浪人が入った東のイの病室から、瑞峰が出てくるところだった。

「先生」

佐保は近寄り、病人の容態はどうかと尋ねようとした。

「うむ。悪いが、耕三郎を呼んできてくれんかの。お前さんもな、一緒に話がある」

教授の控室になっている部屋で、瑞峰は佐保と耕三郎を待っていた。

「あの浪人のことじゃがな。佐保さんにも一緒に聞いておいてもらった方がいいと思うてな」

そう前置きしてから、瑞峰は病状を話し始めた。それによると、浪人の労咳《ろうがい》はかなり進んでいるとのことであった。

「もう余命はないということですか」

耕三郎が尋ねた。

「うむ。今すぐどうのというわけではなさそうじゃが、ひと月先か、半年先か……まぁ、治療次第というところもあるが、あまり楽観はできぬな」

「そうですか。わかりました。では彼の世話は私がいたしましょう。ほかの者に感《う》染《つ》っては大変ですし」

「待ってください。それは無理でございましょう」

と、佐保が身を乗り出した。耕三郎は右手が不自由だ。いかに自分のことは自分でできると言っても、病人の世話までは難しい。

だが意外にも瑞峰は「そうしたいのなら」と、耕三郎に頷《うなず》いた。

「無理でございますって、先生」

なおも佐保が言おうとすると、瑞峰は少し待ちなさいというように手で優しく制してから、耕三郎にこう問いかけた。

「やはりあれはお主《ぬし》の知り人か」

耕三郎はふーっと深い息を吐いただけで、答えようとしない。

「先ほどな、名を尋ねたら、伊東唯八《いとうただはち》だと言いよった。儂《わし》には聞き覚えがある名なのじゃが、どうだ？　あいつには上方のなまりもある。隠さず言うてはくれぬか」

耕三郎は躊躇《ためら》っていたが、ようやく諦《あきら》めたように口を開いた。

「……そうですか、名乗りましたか」

「ではやはり」

「はい。伊東唯八は、妻と共に出奔した男に間違いございません」

瑞峰が「そうか」と吐息を漏らした。

「ということは、お主の手を」

返事の代わりに、耕三郎は右手首に巻いた紫の布に目を落とした。

思わず、佐保は「えっ」と声を上げそうになった。あのご浪人は耕三郎の妻を奪い、さらに耕三郎の右手を斬り落とした、いわば仇《かたき》なのか。

耕三郎は仇を自分で世話をするつもりなのか、それって……。

「世話をしたいというのは本心か」

と、瑞峰が尋ねた。

「はい。死ぬ前に聞いておかねばならぬこともございますし」

「妻女のことじゃな」

返事の代わりに耕三郎は頷いた。

「出て行った女ではありますが、責任があります」

「わかった。では今から聞きに行こう」

「えっ」

戸惑う耕三郎をしり目に、瑞峰はよっこらしょと腰を上げた。

「佐保さんや、悪いがな、患者に白湯《さゆ》を持ってきてくれんかな」

「はい」

佐保は頷くと一礼して部屋を辞すために立ち上がった。

「ほれ、行くぞ」

瑞峰は耕三郎の肩を叩《たた》いて、立ち上がるように促した。

板の間の三畳ほどの病室に独り寝かされていた伊東は、半身を起こして、腰高の窓の向こうに目をやっていたが、瑞峰が入ってくると、じろりと睨《にら》んだ。

「爺《じい》さん、刀を返してくれる気ぃになったんか」

「口が悪いのぉ、それは無理じゃと言うたであろうが」

「ほな、酒は」

「ま、これでも飲め」

瑞峰は後ろに控えていた佐保の手から湯飲みを受け取り、伊東に手渡した。

伊東はくいっと一口で飲み干したが、乱暴に湯飲みを放り出した。

「子ども騙《だま》しか！」

怒鳴りながら、また伊東は咳《せ》き込んだ。

部屋の外から様子を窺《うかが》っていた耕三郎が、

「いい加減にしろ！」

と怒鳴った。

「なんやと！」

伊東はギョロリとした目で、声の主の方を見上げた。そして、その人物が耕三郎であることを知ると激しい息遣いになった。

「な、なんでや。なんでここに」

「それはこっちが訊《き》きたい」

と、耕三郎が伊東の前に膝《ひざ》をついて、にじり寄った。

「なぜ江戸にいる。何をしていた。綾はどこだ」

それは佐保が知る耕三郎の姿ではなかった。いつもなら温和で何をしてもにこにこと笑っているはずなのに、今の耕三郎はきつい顔をして矢継ぎ早に詰問している。

「答えんか。お前には答える義務があるはずや。綾はどないしたんや！」

耕三郎の口からも上方のなまりが出た。伊東は返事をしないまま、ふっと笑い顔を浮かべた。

「何がおかしい！」

「……お前は何も変わってない。そうやって人の話を聞かぬところ。自分だけが正しいと人を追い詰めるところ」

この人はいったい何を言っているのだろうと、佐保は思った。田辺先生はそんな人ではないのに。

だが、言われた耕三郎は言い返すこともせず、肩を落とした。

「唯八、頼む……教えてくれ。綾はどこにいる」

耕三郎は懇願するように伊東を見て、手をついた。

伊東は、目の前に差し出された耕三郎の右手首に巻かれた布をじっと見ていたが、やがて、懐から小さな薄紫色の布包みを取り出した。

伊東はそれを両の掌《てのひら》の中で、抱きしめるようにしてから、耕三郎と自分の間に置いた。布は着物の切れ端のようであった。伊東がそれを広げると白い紙で巻かれた一束の髪の毛が出てきた。

「……三年になる」

ぽつりと伊東が言った。

耕三郎は言葉なく、じっとその髪の束を見つめている。

瑞峰は髪の束に向かって手を合わせ、小さく念仏を唱え始めた。

「……なぜこんなことになった」

耕三郎が静かに唸《うな》るような声で尋ねた。

「病だったのか？」

小さく頷くと、伊東は話し始めた。

「ああ、今の俺とおんなじ病や。お医者に診せようとしたんやが、綾どのは嫌がってな。薬を飲むんすら拒んだ。たぶんお前を思い出すから嫌やったんやろ」

耕三郎は、髪の束に伸ばしかけた左手を引っ込めた。

伊東は髪の束を丁寧に包みなおして、再び自分の懐にしまい込んだ。

「耕三郎、俺を殺せ。すぐに殺してくれ」

「……なぜそんなことを言う」

「なぜ？　ハハハ、俺はお前の仇や。綾どのと不義をした。おまけにお前の利き手を落とした。殺したいやろ。憎いやろ。さ、殺してくれ」

「死にたいなら、勝手に自害すればよい」

「ああ、そうしたい。けどな、それが死ねぬのや。生きていてもしょうがない、死んでしまおう……綾どのがおらんようになってそう考えてきた。けどな、何をやっても死ねぬ。なんでか必ず邪魔が入る。死なせてくれぬのや。ようやっと、やっと、この病になってようよう後を追えると、そう思うたのになかなか死なぬ。な、頼む、今すぐ殺してくれ。もう血ぃを吐くのも飽いたんや」

耕三郎は無言であった。ただ黙って、伊東が殺してくれと繰り返すのを見ていた。

すると、瑞峰が横から口を挟んだ。

「まだ呼ばれておらんということじゃ。辛抱なされ」

「爺《じじ》ぃは黙ってぇ」

伊東は瑞峰を睨みつけた。そして、よろよろと立ち上がろうとしたが、力が入らないのか、腰が立たなかった。

「無理じゃ。寝ておれ」

「だったら、爺さん、ここから放り出してくれ……おい、そこの女、手を貸せ！」

伊東は佐保を怒鳴りつけた。

「いい加減にしろ」

耕三郎がまだ立ち上がろうとする伊東の肩を押さえつけた。

「まだ死ぬのは許さぬ」

「何ぃ」

「死にたいのであれば、私ともう一度、きちんと立ち合ってからにしろ」

「まさか、左手でこの俺と立ち合うとでもいうんか？　残った手も失いたいんか」

伊東は馬鹿にしたように鼻で笑った。耕三郎はぐいっと顔を伊東に近づけた。

「どうかな。今のお前にそれができるかな」

「なんやと」

「悔しかったら、生きろ」

吐き捨てるように言うと、耕三郎は部屋を出て行ったのだった。

「なぜあんなことを。本当に立ち合いをなさるおつもりなのでしょうか」

病室を辞した佐保は瑞峰にそう問いかけた。

「いや、そうではないじゃろうがな」

瑞峰は首を振った。

「先生、あのお方はいったい……」

「伊東唯八はな、耕三郎とは竹馬の友という奴じゃな。儂《わし》も一度会《お》うたことがあるはずなんじゃが、あまりに面変わりしておって、すぐにはわからんかった」

竹馬の友——幼馴染《おさななじみ》ということか。

「そのお人が、田辺先生の奥さまと」

「……うむ。夫婦のことはようわからぬがな。ま、そういうことじゃな。京生まれの大人しそうな愛らしい奥方であったが」

「そうでしたか」

「あいつの家は摂津《せっつ》(今の大阪府北西部と兵庫県南東部)で有名な医家でな。あいつも医者をしておったんじゃ。儂はあいつの父上とは昔から付き合いがあっての。上方に登った折には泊めてもらうような、そんな仲でな」

瑞峰はふっと目を転じ、昔を思い出すような顔になった。

いつの頃からだろう……綾が寂しそうな顔をするようになったのは。

耕三郎は、薬草園の中に独り佇《たたず》みながら、昔を思い出していた。

可憐《かれん》に咲き誇っていた紫苑《しおん》の花はもう散り落ちて、枯れた葉と茎だけが寒々と残っているだけだ。

夫婦になった頃は始終一緒にいた。二人ともまだ二十歳になる前のことだ。綾が笑うことも多かった。綾が何をしているのか知りたくて、よく厨房《ちゅうぼう》に入っては叱られたが、その小言も楽しいひと時だった。

やがてそれもなくなり、仕事にかまけて、相手をしてやれない日々が続くようになった。時折綾は何か言いたそうな顔をすることはあったが、「そのうち、いずれ」と、理由をつけては向き合うことをしてこなかった。

医学は日々覚えることが多い。いくらやっても勉学に終わりはない。知識も経験も未熟な身では、次々にやりたいことばかりが増えてこなしきれない。疲れてもいた。だが、それよりなにより面白くもあった。わずかでも人を助けることができた日は喜びが快感となっていた。手柄を立てた気になって綾に夢中になって話したこともある。綾はいつも微笑みを浮かべて耳を傾けてくれていた。そう思っていた。

「あなたは、ほんに、ようやっておいでです」

そんな風に褒めてくれる妻に甘えていたのだ。子どもはできなかった。妻を抱きたくないわけではなかったが、疲れ果てて眠ることの方が多かった。そして、それを綾も許してくれている、そう思い込んでいたのだ。

だから、綾が伊東唯八と不義を働いているなどと、兄から聞かされても信じることなどできなかった。

「唯八は私の無二の友ですよ」

笑い飛ばそうとしたが、兄は苦渋の顔で二人が逢引《あいび》きを繰り返しているという茶屋の名を口にした。

「自分の目で確かめろ」そう言って……。

伊東唯八とは物心ついた頃からの仲だ。耕三郎が勉学の虫なら、伊東は昔から剣術の腕に長《た》けていた。特に彼の居合は素早く的確で、誰も敵《かな》う者がいなかった。世が世なら、侍大将だと自慢もしていた。耕三郎はそんな友が羨《うらや》ましく誇らしくもあったのだ。「いつか大出世をするのは唯八だ」本心からそう思ってもいた。だが、この太平の世では彼の出番はなかった。

唯八はいつから、綾に惚《ほ》れていたのだろうか……。

くすぶるしかないやるせなさを抱えた男と心に寂しさを抱えた女がどこから惹《ひ》か

れ合ったのか、今となっては知る由もない。ただ耕三郎は、出て行った瞬間の伊東と綾の顔を今も鮮明に思い返すことができた。伊東は一瞬すまなさそうに眼を伏せたが、逆に綾は真正面から耕三郎を見据えてきた。あんな目は初めてだった。

耕三郎は、綾の手を取り、強引に引っ張って家に帰ろうとした。

「嫌です」

初めて見る妻の拒絶だった。

「離縁してください。あなたとはもう暮らしていけません」

何を馬鹿なことをと思った。

「悪い冗談はやめろ」

「あなたは、そうやっていつもはぐらかす。私のことをちゃんとみようとしない」

「何を言ってる」

「あなたはよその方しかみていないのです」

「とにかく、家で話をしよう」

「嫌です。御放しを！」

そう叫んだ綾は耕三郎の手を振りほどくと、身を翻した。

「すまん」

そのとき初めて、伊東は口を開いた。

「何を謝る。謝るようなことをしたと言うのか！」

「なんとでも言うてくれ。言い訳はせん」

伊東はそう言うと綾を抱きしめた。

「唯八……貴様！」

「我らはもう離れられぬ」

綾は潤んだ目で伊東を見つめ、深く頷《うなず》いた。

「赦《ゆる》しを得ようとも思わん。どうせお前にはわからんしな」

伊東は耕三郎の返事を待たず、綾の手を引いてその場を去ろうとした。

「待て！　待たぬか！」

行かせるものか！　妻の袖《そで》を摑《つか》むつもりがその手は宙を摑んだだけだった。すると、自分でも驚くほどの怒りがこみ上げ、これまで抜いたこともない腰のものに手をやっていた。刀を抜きはらい、そしてそのまま、男と去ろうとする妻に抜き身を突き付けた。次の刹那《せつな》だった。

ドンと何か強い力で吹き飛ばされたように耕三郎は感じた。

いったい何が起きたのか……。

一瞬間を置いて、右手から血が噴き出し、まるで炎で熱したような激しい痛みが襲ってきた。その間、自分の右手が地面にむなしく転がっているのを、ただ茫然《ぼうぜん》と眺めていたようにも思う。

記憶の中では去っていく二人の姿がゆっくりと遠ざかっていった。ただ、一度だけ、綾が申し訳なそうな顔で振り返った。だが、綾はすぐに前を向き、伊東の手をしっかりと握り締め、走り去っていった。綾の手と結ばれた伊東の手。そして転がった自分の右手……。

憎んでいた。なぜこんな目に遭わねばいけないのかと、二人を呪ったこともある。だが、同時に、耕三郎は自問自答を繰り返していた。

「私のことをちゃんとみようとしない。あなたはよその方しかみていないのです」

綾の声が頭から離れなかったのだ。

「私が悪いのか、私がいけなかったのか」

妻の袖を摑む手の幻に苦しみながら、何度も何度も問い続けた。

一つ一つ、綾との日々を思い起こしては、あの時ああすれば、いやあれはあれで仕方なかったのだと自分の中で問答を繰り返した。日によって答えは異なり、苦しみばかりが増してくる辛《つら》い作業だった。

だがある時、ふっとこう思った。苦しみから逃れようとするから苦しいのではないかと。憎しみ続けることに疲れたのかもしれない。呪詛《じゅそ》を吐く度に汚れてよどんでいく心をなんとかしたい。

もういいではないか。二人はきっと幸せに暮らしている。自分ひとりが過去に縛られているのは愚かだ。どれだけ生きるにせよ、これから先、他人を呪いながら生きるのは御免だ。こちらから捨てたと思えばよいのだ――。

それからは、辛かったことは追い出そうと心がけてきた。それは汚れてよどむ川の底から小さな柄杓《ひしゃく》で少しずつ泥を搔《か》きだすようなものだった。浮いている塵《ちり》はすぐに捨て去ることができるが、しつこい泥はいくら搔き出してもきりがない。けれど、辛抱強く繰り返すうちに、ほんの少しずつだが、川は澄んでいくように思えた。

それでも我慢しきれず、柄杓を放り出してしまいたくなるときには、優しかった妻の笑顔だけを思い出すようにした。泥が搔き出せないなら、清い水を注ぐ。そうすれば心は穏やかに保てる。周りの者にも優しくなれる。

元々、我らは互いに心から笑い合えた仲だったのだ。心に浮かぶ光景は、あの笑顔だけでよい。今はまだ無理でも、いつか二人の幸せを願える日が来る。その日こそ、私も心から笑おう。そう思ってきたのに……。

「綾……」

お前は私を捨てて、幸せに暮らしていたのではないのか。あの男はお前を幸せにしたのではないのか。

「うぅう……」


夕暮れどき、佐保は他には誰もいない薬草園の中で、一人佇《たたず》んでいる耕三郎を見かけた。耕三郎は紫苑《しおん》が植わっている場所まで行くとひざまずいた。

多年草で手間いらずの紫苑は放っておいても春には勝手に芽吹き、秋には美しい薄紫の小さな花を咲かせる。別名を思い草、十五夜草という。

「肺の病には紫苑の根が効く。咳《せき》を鎮め、痰《たん》を取り去る」——たしかそう習った気がする。田辺先生は、紫苑の根を取りにいらしたのだろうか。

だが、すぐに佐保はそうではないことを悟った。紫苑の枯れ草を握りしめたまま、耕三郎は肩を震わせ、嗚咽《おえつ》を漏らし始めたからだ。最初は静かに呻《うめ》くように、やがて慟哭《どうこく》と呼んでもいいほどの強く激しい声となった。

沈む間際の陽の光は耕三郎の横顔に柔らかな陰影をもたらしている。流れる涙を拭《ぬぐ》おうともしないその横顔はあまりにも辛そうで、必死に何かと闘っているようで、声をかけようにもかけられず、見てはいけないものを見た気がして、それでもその場を立ち去りがたく思えて、佐保はただただ立ち尽くしていた。

四

「お久しぶり！」

明るい声でお鶴が佐保を訪ねて来たのは、十一月も半ばを過ぎた日のことだった。

「全然、顔を見せてくれないのだもの。来てしまったわ」

ちょっといたずらっぽく笑って、お鶴は多紀家の玄関口に立っていた。

ちょうど雑巾《ぞうきん》がけをしていた佐保がびっくりした顔をしていると、

「まだ、そんなことさせられてるの」

と、お鶴も目を丸くした。

「そんなこと？」

「だって、もう使用人じゃないでしょ」

「いいんです。好きでやってるのだから」

「まぁ」

と、お鶴は可愛い目をまたまん丸にした。

「何を騒いでいるのです？　玄関先で」

小言を言いつつ、稀代が現れた。

「朝早くお騒がせして申し訳ございません。白丸屋でございます。父より皆さまへの預かりものを持ってまいりました」

そう言って、お鶴は丁寧に頭を下げて見せた。そういうところは抜かりがない。

お鶴の後ろには、大きな酒樽《さかだる》を乗せた荷台を引いた下男がいた。

「あらあら、白丸屋さんの。まぁ、どうしましょう。佐保さん、何をしているんです。早く上がっていただいて」

「はい。どうぞお上がりを」

佐保は慌てて返事をすると、お鶴を奥へといざなった。

お鶴が父の名代で持参したのは、大坂からの下り酒であった。歳暮にしては少し時期が早い。「たまたま良いお酒が手に入ったので皆さままでどうぞ」というのが、お鶴が父から言付かった口上で、気を遣わせないためにわざと時期をずらしたのかと思わせた。とにかく、義理堅い白丸屋らしい贈り物でもあった。

「それはそれはご丁寧に。どうぞ白丸屋さんにはよろしくお伝えくださいね」

父の口上を述べたお鶴に、稀代はそう応じた。

「少し、佐保さんをお借りしてもいいですか」

「ええ、もちろん。積もる話もあるでしょう。ゆっくりとお過ごしなさいまし。佐保さん、お部屋にね、お連れして」

稀代は、佐保にお鶴の相手をする時間をくれた。

佐保とお鶴は、すぐに部屋を移った。

「良いお部屋ね」

お鶴は嬉《うれ》しそうに佐保の部屋を眺めまわした。

「ええ。でも、何もないでしょ」

箪笥《たんす》は一棹《さお》。後は文机《ふづくえ》と、勉学のための書物が何冊かあるだけの簡素《かんそ》な部屋だ。

それでもお鶴には珍しいらしい。

「ううん。すごく難しそうなご本。これ全部読んでるの?」

「ええ、写しもした」

「へぇ! 頑張ってるのねぇ、偉いのねぇ」

書物を手に取って、お鶴は感嘆の声を上げた。

「あんまり褒められると、なんだかこそばゆい」

佐保は照れた。

「だって、凄《すご》いんだもの。あ、そうだ。これ、これをね、佐保さんに」

お鶴は持参していた小さな風呂敷《ふろしき》包みを佐保の前に置いた。

「何？」

「一緒に食べようと思って」

包まれてあったのは、きれいな朱色の干し柿であった。

「わぁ」

「おゑいのね、田舎からいつも送られてくるの。とっても美味《おい》しいのよ」

ゑいというのはお鶴の乳母の名である。母を亡くしたお鶴にとって、ゑいは母親代わりの存在だ。

「おゑいさん、お元気ですか」

「ええ、とっても。佐保さんに会いたがっていたけれど、今日は、付き添いは要らないって言ったの」

お鶴は何か内緒で話したいことがあるらしい。

「お茶、淹《い》れますね」

佐保はゆっくり話を聞くために茶の用意をした。

風がない陽だまりはぽかぽかと暖かいが　稀代自慢の庭の木々は紅葉も終わり、冬枯れの趣を漂わせている。

佐保はお鶴と縁側に座って、いただいた干し柿に手を伸ばした。外は少し固く白い粉を吹いている。一口かじると、ねっとりとした甘みが口の中に広がった。

「私ね……お見合いするかもしれない」

ぽつりとお鶴が言った。お鶴も佐保も年が明けると十八になる。そういう話が出てもおかしくない。いや、遅いぐらいだ。お鶴は白丸屋の一人娘だから、家を継ぐ必要もある。見合いというより、婿を決めるということなのだろう。

「嫌なの？」

と、佐保は尋ねた。

「仕方ないかなぁと思ってる。花嫁衣裳《いしょう》を着るのは夢だったけど、まだちゃんと恋もしてないのになって」

「恋……」

お鶴は颯太のことを気に入っていた。やはり、颯太と恋をしたいんだろうか。

「私が浮かぬ顔をしてるとね、どんな人がいいのかって、おとっつぁんたら、聞いてくるの」

「なんて言ったの？」

「そりゃ、ちゃんとした人。優しくて、働き者で浮気なんかしなくて、金遣いが荒いのも困るし」

「えっ」

颯太みたいな人と言うのかと思ったら、意外にまともな答えで佐保は驚いた。

「何、変な顔してるの？」

「だって、お鶴さんの好きなのは、そのぉ」

佐保は言いよどんだ。ここで颯太の名を出して良いものか。だが、お鶴は察したのか、先にさらりと言ってのけた。

「ああ、颯太さん？　もちろん、格好いいなあって思う。ああいう人が私のイイ人ならいいなぁって思う。でも、颯太さんは玉屋の跡を継ぐんでしょ。私のお婿さんは、うちのお店《たな》のことを任せられる人じゃなきゃ困るもの」

お鶴の中で、恋をする相手と婿に貰《もら》う相手は明確に分かれているようだ。

「しっかりしてるんですね」

「そうぉ。それぐらいはちゃんとね」

一人娘としての自覚はあるのだと言いたげにお鶴は微笑んだ。

だったら大丈夫かと、佐保は颯太が小夜を迎えに来たことを話した。

「えっ、どういうこと？」

「小夜さんが颯ちゃんの代わりに刺されてね」

「えぇ～、そんなことがあったの」

と、お鶴は怖そうに身震いした。

「うん。でも大丈夫。もうだいぶ落ち着いたし、玉屋の寮で養生させるからって、それで……」

大工の雅吉の御沙汰《ごさた》が江戸所払いと決まった日、颯太は、小夜を引き取りに来た。傷はもうだいぶ良くなったとはいうものの、退所するのはまだ少し早いだろうと思われたが、颯太は医学館に迷惑をかけているのが気兼ねだったようだ。駕籠《かご》を用意して、迎えに来たのであった。玉屋は根岸《ねぎし》に病気になった遊女を療養させるための寮を持っている。そこでのんびりと傷を治せばいいからということであった。

小夜は船宿に住み込みで働いていた。戻ったところですぐに仕事はできないし、かといって、あそこでゴロゴロしているわけにもいかない。

「本当に行っていいのかい？」

「ああ、じゃなきゃ、来てねぇよ」

あんなに嬉しそうな笑顔を見せる小夜を、佐保は今まで見たことがなかった――。

「そうぉ。そういうことがあったの」

と、お鶴はため息をついた。

「じゃ、やっぱり駄目だ。私はね、何より、私のことを一番に思ってくれるお人じゃなきゃ嫌だもの」

ちょっぴり悔しそうなそぶりを見せつつも、お鶴はしょうがないと笑みを浮かべた。お鶴からしてみれば、颯太のことは芝居役者に熱を上げるようなもの。はじめから自分とは違う世界の人だと割り切っていたのかもしれない。

「お鶴さんのことを一番に思ってくれる人なら、いっぱい居そうだけど」

「そうかな。白丸屋のお鶴じゃなくて、私のことを好きって人よ。そうそういるとは思えないの。ちやほやする人はいる。おべっかする人もね。でもそんなんじゃなくて、お店が好きなんじゃなくて、ただ私のことを好きで、それで私もその人のそばにいたいってそう思える人。だって、夫婦になったらずっと仲良しでいたいもの」

お鶴は「ずっと」という言葉に力を込めた。

「そうできるといいですね」

「でしょ。だから、おとっつぁんに言ったの。白丸屋の看板がなくても私を嫁に欲しいって人を見つけてって。そしたらおとっつぁん、びっくりした顔して店を継がないのか、潰《つぶ》す気かとか言って、そんなこと、これっぽっちも言ってやしないのに」

お鶴は小さく唇を尖《とが》らせた。あれほど悩んでいた肌荒れはすっかり良くなって、滑々とした肌は健康そうに輝いている。くるりとした美しい大きな目も長く濃い睫《まつ》毛《げ》も、羨《うらや》ましいほどだ。さすがは日本橋小町だと言われた美人である。

この愛らしい人を射止めるのはいったいどんな人なのだろう。恋しく思うお人と幸せに添い遂げさせてあげたいものだと、佐保は願った。

「ね、佐保さんはどう思う？　私、わがまま？　無理なこと言ってる？」

ううんと佐保は首を振ってみせた。

「私もそういう人がいいと思う。私だけを好きになってくれる人。私もそばにいたいって思える人」

言いながら、なんだか佐保は悲しくなってきた。なんでだろう。胸の奥底がうずくように痛い。

「佐保さんにはいないの？　そういう人」

「そういう人？」

「だから、愛《いと》おしいって思える、イイ人のことよ。好きなお人のことよ」

「好きなお人……」

「ヤダ、佐保さん、恋をしたことがないの？」

お鶴は不思議そうな顔になった。佐保の知っている恋はたぶん、お鶴が思っている恋とは違う。廓《くるわ》で育った佐保にとって、恋話はあちこちに転がっていたけれど、どれも佐保のどこか預かり知らぬ世界の話であった。唯一、自分も恋をしたい、愛されたいと思えたのは、玉紫花魁《おいらん》と勢之介さまの恋を見た時ぐらいだ。でもそれも、やはり自分とはかけ離れていた。

「お鶴さんはあるの？」

佐保はお鶴に訊《き》いてみた。

「そりゃある。三軒隣りの辰《たつ》坊」

「辰坊？」

「うん、そう呼んでた。お家は扇子屋さんでね。一番上等の扇子を私に見せようと持ちだして、こっぴどく叱られたりしてた」

お鶴は懐かしそうに微笑んだ。

「辰坊とね、大きくなったら一緒になろうって約束したこともあったの」

「まぁ。じゃ、その辰坊さんとは今?」

どうなっているのかと佐保が尋ねると、お鶴は寂しげに首を振った。

「なぜかは知らないけれど、御商売がうまくいかなくなって、どこかへ行ってしまった。もうずいぶん前の話よ。今じゃ、顔もよく覚えてないぐらいのね」

「そうぉ」

それがお鶴の淡い初恋なのだろう。

「ね、恋をするとどうなるんです?」

と、佐保は尋ねた。

「そりゃ、その人のことばかり考えている。何食べたかな、何が好きなのかな、どんなことしたいのかなぁ。って、考えてると、ここのところがきゅってなる」

と、お鶴は手を胸で押さえた。

「でね、目が合って笑ってくれたらふわふわした心地になって、その日一日が楽しくてしょうがない」

お鶴は夢見心地のような顔をして、空を見上げた。それから真顔になって、佐保をまじまじと見た。

「佐保さんはそういうことないの? 颯太さんとはそういうことなかった?」

「だって、お兄ちゃんみたいなもんだもの。颯ちゃんは」

「じゃ、今、目に浮かぶお人は本当にいないの？　いつも頭の中で考えてることは？」

「今、頭の中にあるのは……」

佐保は少し考えてから答えた。

「どうやったら食べてくれるのかってこと」

「えっ」

「何を出しても食べようとしない病人さんがいるの。だからなんとかして食べてほしくて、そうしないと」

佐保の脳裏に、薬草園の中で一人泣いていた耕三郎の姿が浮かんだ。

肺を病んでいる伊東という浪人はあれから何を出しても食べてくれず、衰弱するばかりだ。耕三郎は仇《かたき》だというのに、伊東の看病をしようとしては拒絶され、それでも何かと気にかけている。それを見ているのが辛《つら》い。田辺先生には笑っていて欲しいのに……。

「もうぉ」

と、お鶴が怒ったような声を出した。

「勉強ばっかりしてちゃ、駄目よ」

「ごめんなさい」

と、素直に佐保は頷《うなず》いた。

「謝ることじゃないけど……。そうだ、ねぇ、佐保さん、好きなお人が出来たら、いの一番に教え合いっこしよう。いいでしょ」

「うん」

佐保は頷いてみせたのだった。

その後もひとしきり、色々な話をしてお鶴は帰っていった。


「遅くなってすみませんでした」

佐保が医学館の台所に出ると、ちょうど耕三郎とマサが行商人から野菜を買っているところであった。

「ねぇ、こちらも貰《もら》うからおまけしておくれよ」

マサが値切る様子を、耕三郎はいつもと変わらぬ様子で、にこにこと包み込むような温かな笑顔を浮かべて見守っている。

「ほら、ご覧、やっぱりおマサさんは年の功だな」

そう言って笑いかけてくるのもいつも通りだが、佐保は耕三郎の目を見ることが出来ず、思わず目を伏せた。

なぜだろう、胸がドクドクと音を立てている。

「あれ、どうしたんだい」

と、マサが訝《いぶか》しそうに佐保を見た。

「熱でもあるんじゃないのかい？　耳まで真っ赤だよ」

マサが佐保のおでこに手を伸ばそうとした。

「いいえ、熱なんてないです。あ、私、器を下げてきますね」

佐保はそそくさと台所を後にし、病棟へ向かった。

廊下伝いに、あの伊東という浪人の病室の前まで来たときだった。中を覗《のぞ》くと、伊東は窓のところで、椀《わん》を片手に何かをしていた。

「何をなさってるんですか」

思わず問いかけると、伊東はやれやれといった顔で振り返った。

「薬湯？　薬湯を捨てたのですか！」

佐保は思わず声を荒らげてしまった。伊東は薬湯を飲まずに捨てていたのだ。

「どうしてそんなことを！」

「放っておけ」

「放っておけません。お食事だってまともに摂《と》っておられないでしょ。どうしてそんなことをなさるのです」

伊東のために用意した大根と青菜の粥《かゆ》もほとんど手付かずのまま枕元に放置してあって、佐保は悲しくなった。

「……あんな奴に助けてもらうわけにはいかんのや」

ぼそっと伊東は答えた。

「それともあれか、毒でも入れてくれたっていうんやったら、食べてやってもよいがな」

「毒など入れるわけがありません！」

佐保は怒ったのに、伊東はふっと笑顔を浮かべた。

「いや、お前はそうでも、耕三郎は入れよるかもしれん。元気になって立ち合えとか口でも言うとったが、何をしよるかわからんでな」

「田辺先生はそんな方ではありません！」

佐保は伊東を睨《にら》みつけた。正直悔しくて腹立たしかった。

「先生の悪口をおっしゃらないでください！」

「おお、怖《こわ》」

大げさに身震いしてみせると、伊東は布団をかぶり、佐保に背を向けて横になってしまった。

「待ってください。何も召し上がらないままだと、治るものも治りません。身体が弱っていくだけです、伊東さま！　伊東さまっ！」

だが、何度声をかけても、伊東は目を閉じ、眠ったふりをし続けたのであった。


「薬湯を飲まずにいたそうじゃな」

佐保から話を聞いた瑞峰は、伊東の枕元にどかっと腰を下ろした。

「また爺《じい》さんか」

伊東は横になったまま横柄に応じた。

「気に入らぬのならそれでよい。じゃがな、あまり人に辛くあたるな。そんなんじゃから、往生できぬのじゃ」

伊東はふっと鼻先で笑った。

「今度は坊主面か」

「儂《わし》はの、医者じゃ。医者は人を癒《いや》すのが商売じゃでな。薬は薬湯だけとは限らぬ」

「説教も薬か、いらぬわ」

「まぁ、そう言わず聞け。命というものは一切の財《たから》の中で第一の財というてな」

「蔵の財よりも身の財すぐれたり、身の財よりも心の財第一なり。月は山より出でて山を照らす、禍《わざわ》いは口より出でて身をやぶる、福《さいわい》は心より出《い》でて我をかざる」

伊東の口からよどみなくすらすらと言葉が流れた。

「ほぉ、知っておったか」

と、瑞峰は感心した声を上げた。瑞峰が言ったことも伊東が述べたことも、すべては日蓮《にちれん》上人の言葉だ。

「さすがは耕三郎の友じゃな」

「友ではない」

「ああ、仇であったな」

伊東は返事をせず、瑞峰に背を向けたが、途端に咳《せ》き込んだ。

「疲れたかの」

そう言いながら、瑞峰は優しく伊東の背をさすった。

「やめろ……」

拒絶の言葉だが、声は弱々しく、伊東は瑞峰の手を払うことすらしなかった。

「辛かろうな」

瑞峰の皺《しわ》だらけの大きな手が、伊東の背を何度もさすった。

「あいつもな、江戸に来た時分、それはそれは辛そうであった。おお、そうじゃ、お主に礼を言わねばならぬな」

「礼だと」

何を寝ぼけたことをと、伊東はむっとなったが、瑞峰は静かに続けた。

「うむ。あいつの親に代わって礼を言おう。あのことがある前の耕三郎は確かにお主が言うように身勝手なところがあった。自分だけで突っ走ってしまうところがな。だが、あいつは変わった。お主が変えたのじゃ」

「………」

「日蓮上人を知っておるなら、この言葉も知っておろう。亀鏡《ききょう》なければ我が面《おもて》を見ず。敵なければ我が非を知らず」

古来、亀の甲羅で吉凶を占った。鏡は人を映す。そこから転じて、亀鏡とはものごとの手本、規範を意味するようになった。敵が前に立ちはだかることで、人は自分の間違いや欠点を知ることができ、成長することができる。客観的な規範をもって自分自身を見つめることの大切さを説く教えであった。

「冗談ではないぞ。ほんにそう思うておる。あれが変わることができたのはお主のおかげじゃとな」

「ふん、笑わせる」

そう言いながら、瑞峰は伊東の背をさすり続けた。

やがて、ぽつりと伊東が呟《つぶや》いた。

「……俺は、あいつが羨《うらや》ましかった。あいつには道が拓《ひら》けていた。医術という学びの道が。俺は剣で道を拓こうとした。拓けると思っていたのや」

瑞峰は聞いているよとでもいうように、ポンポンと伊東の背を優しく叩《たた》いた。

「だから、どんな辛いことがあっても、極楽百年の修行は穢《え》土《ど》の一日《じつ》の功に及ばず、その言葉を己に言い聞かせて……そうやって俺は」

穢土とは、浄土に対する言葉。煩悩に支配された現世のことである。

綾を失い孤独な日々を過ごした伊東は、きっと誰かに聞いて欲しかったのだろう。それからはまるで幼子が親に全ての話を聞いてもらっているかのように、伊東は自分の気持ちを吐き出し続けた。

初めは愛らしい奥方を娶《めと》った耕三郎の幸せをただ願っていたこと。いつしか、それが嫉《しっ》妬《と》に代わり、綾を奪いたくなったこと。そして……。

「あいつの手を、あんな風にするつもりなんかなかった……」

呻《うめ》くように伊東は告白した。

「けど、勝手に身体が動いてしもて、あんなことに」

「うむ。そうか、そうじゃったのか」

瑞峰はただただ、背をさすり、小声で相槌《あいづち》を打ち続けた。

「……そのうち、謝れるとよいな。あいつはきっと赦《ゆる》してくれよう」

伊東からは返事はなかった。だが、微《かす》かに肩が震えていた。

「さて、少し眠りなされ。それとな、薬はともかく、佐保さんが作った料理は食べてやってくれ。あの子はあれで一所懸命なのじゃ。お主が剣で修行したように、あの子は料理で修行をしておるんじゃ」

そう言いおいて、瑞峰は腰を上げた。

病室の外の廊下には耕三郎が立っていた。泣いていたのか目が赤い。

「なんじゃ、おったのか」

耕三郎は立ち聞きしてしまったことを詫《わ》びるように、深々と頭を下げると去っていったのだった。

五

伊東唯八は、瑞峰に全てを告白した後、こんこんと丸一日、眠り続けた。時折、苦しそうな寝息を立て、びっくりするような大いびきをかいたかと思ったら、また静かになり、苦しげに唸《うな》って……を繰り返した。

ようやく目が覚めると白湯《さゆ》を欲しがったが、起き上がる気力はもうない様子で、用意した粥《かゆ》も一口二口、食べるのがやっとだった。少し起きてはまた眠り続ける。起きている時間が減っていき、それにつれて目の光からどんどん生気が抜けていくのがわかった。

死期が近づいている——もうそれは誰の目にも明らかであった。

佐保たちは交替しながら看病にあたっていた。ただ、耕三郎だけは病室に入ろうとせず、また伊東も耕三郎を呼ぼうとはしなかった。

「何かして欲しいことはありませんか。遠慮なくおっしゃってください」

白湯を持ってきた佐保はそう尋ねた。

伊東はもう身を起こすこともできなくなっている。佐保は彼の口に水差しを当てて白湯を含ませた。伊東はゆっくりと飲み込んだ。

「……いや、何も……これで十分や」

「我儘《わがまま》を言ってよいのです。お酒でも構いません、お持ちしましょうか」

伊東はふっと苦笑いを浮かべ、小さく首を振った。

その時、遠くから鶏の時を告げる声が聞こえてきた。

「あれは鶏か」

「ええそうです。そうだ！　卵はどうです？　食べたくありませんか」

「卵か……」

「ええ。産みたてですからとても美味《おい》しいですよ」

「いや、構わんでくれ」

そうして伊東は死を待つように静かに目を閉じた。


佐保はすぐさま多紀家に取って返した。

鶏小屋から卵を採ると、すぐさま医学館の台所に向かう。

朝焼けの陽ざしが差す台所には、耕三郎がいた。病室には入らないものの、ここ数日、耕三郎は医学館に泊まり込んでいる。

「おはようございます」

「ああ、すまんな」

耕三郎は自分のことのように謝った。

「いえ、大したことはしていませんから」

「それは？」

佐保が手にした籠《かご》を見て、耕三郎が問うた。

「卵です。食べてくださるような、そんな気がして」

籠の中には産みたてのつやつやとした卵が三個並んでいる。

「そうか……」

耕三郎は卵を一つ、手に取ると、少し思案を巡らせている顔になった。

「先生？」

「……ああ、すまんが佐保さん、今から私が言う通りに料理してくれぬか」

「は、はい。それは構いませんが、いったい何をお作りに？」

「寄せ卵だ」

「えっ」

「ただ、佐保さんがこの前作ったのとはちょっと違う。だから……」

言う通りに作って欲しいのだと、耕三郎は言い、佐保は承知した。

「何からご用意すればよろしいですか」

「出汁《だし》がいるのだが、そうか鰹《かつお》しかないか……」

「吸い物になさるんですか」

「ああ、少し昆布があるといいのだが、難しいかな」

「いえ、ちょうど正月用にと買い求めた昆布があります。昆布巻き用のですけど」

「ああ、それでいい。昆布はね、水にしばらく浸しておくとよい出汁が出るんだ」

「はい」

「少ししたら火にかけるから、鰹節も用意して」

佐保は耕三郎のいう通り、出汁の準備を始めた。

「それとは別に鍋《なべ》に湯を沸かして欲しい。新しい手拭《てぬぐい》と巻きすがあるといいんだが」

「はい、ございます」

「卵を割って、ああ、その丼《どんぶり》がいいな。よく混ぜてくれ。切るようにね」

「はい」

佐保は言われるとおりに、鍋に湯を沸かし、卵を割りほぐした。菜箸《さいばし》で切るようにすると、白身と黄身がきれいに混ざり合った。

「味付けに塩を一つまみ」

「はい」

「もう一度かき混ぜて……湯の具合はどうだ？」

「ぶくぶく言ってます」

「じゃ、湯の中にも塩を少し。あまり入れ過ぎないようにね」

「はい」

佐保はひと匙《さじ》の塩を鍋に入れた。湯はぐらぐらと沸騰している。

「よし。じゃあ、これから卵を鍋にそっと流し込む」

佐保は沸騰した湯の中に卵液を流し込んだ。

「浮き上がってくるからすぐにお玉ですくって、手拭の上に、ああ、そっとだ。それを温かいうちに巻きすで巻く。ああ、待って、火傷《やけど》をするなよ。崩さぬように丁寧にな」

「は、はい……」

巻きずしのようにくるくるっと巻いたものが出来上がった。

「形をつけるから、少しこのままに。その間につゆを作ってしまおう」

水に浸していた昆布は倍以上に膨らんで、ぬめりが出ていた。佐保は耕三郎の指示通り、昆布水を火にかけ沸騰直前に昆布を引き上げ、次に鰹節を入れた。

「本当は、色をつけたくないんやけどな……まぁしょうがない」

上方の言葉で呟《つぶや》きながら、耕三郎は醤油桶《しょうゆおけ》に手を伸ばした。

「やります」

佐保は耕三郎に聞きながら、ほんの少し醤油を取って、鰹節を漉《こ》した出汁の入った鍋に垂らした。するとほどよい醤油の香りが広がった。

「物足りないと感じるだろうけどね、これでいい。上方の醤油だとね、色がほとんどつかないんだ」

耕三郎の声は柔らかく、心地よい。

「うむ。よし」

味を見た耕三郎は大きく頷《うなず》き、佐保にも味見をするように促した。

「わぁ……」

「昆布の風味がよく効いてるだろ？」

「はい」

薄い黄金色に仕上がった出汁はすっきりとしているのに濃厚な旨味《うま》があった。これが昆布の旨味なのか――。

頷いた佐保を見て、耕三郎が目を細めた。心がすっとほぐれる、そんな優しい笑顔だ。佐保は嬉《うれ》しかった。自然と笑顔になれる――。

「さ、仕上げに入ろうか」

耕三郎は、そう言って卵を巻いた巻きすに目をやった。

巻きすから外すと、卵の周囲にはきれいな波形がついていた。それを一口大に輪切りして、吸い椀《わん》に並べ、上から先ほど作ったつゆを注ぐ。三つ葉を添えれば、寄せ卵の吸い物の出来上がりであった。

「よくできた。ありがとう」

耕三郎は、出来上がった椀を佐保に託した。

佐保が誘うと、耕三郎は小さく首を振った。

「ご一緒に」

「駄目です、ご一緒にまいりましょう」

佐保は強引に耕三郎を促した。

病室に入ると、伊東は静かに眠っていた。一瞬、もう息をしていないのかと佐保は焦ったが、そうではなかった。

佐保はそっと伊東の枕元に椀を運んだ。

椀の湯気がふわりと伊東の鼻先に漂う。

「ん……」

伊東は何か気づいたように大きく息を吸いこみ、そして目を開けた。

「この匂いは……あっ」

伊東は耕三郎の姿を目にとめ、戸惑ったような顔になった。

「よいから起きろ」

耕三郎は構わず、伊東の脇に回り、身を起こさせた。

「おい」

「食べて欲しいのだ、お前に」

なんとか起き上がった伊東は、差し出された椀を手に取った。佐保がそっと箸を握らせた。

「これは……」

「ああ、懐かしいだろ」

「いいのか」

「ああ」

耕三郎は頷くと、食べやすいようにそっと伊東の背を支えた。

伊東は、椀を見てもう一度、ゆっくりとその香りを嗅《か》いだ。それからそっと中の卵を箸でつまみ、一口頬張った。

「……うまい」

「そうか、つゆも飲んでくれ」

頷くと、伊東はつゆをすすった。それから、ふ〜っと深い吐息を漏らして、耕三郎を見て、小さく頭を下げた。耕三郎もまた、小さく笑みを浮かべてそれに応じるように頷いた。耕三郎の眼差《まなざ》しは温かく、柔らかで、そばにいる佐保にまでその温かみが伝わってくるようだった。

伊東の窪《くぼ》んだ眼から、みるみる涙が溢《あふ》れてきた。

「すまぬ……」

絞りだすような声が発せられた。

「すまぬ、耕三郎、すまぬ……」

「わかった。良いから、しっかり食べろ、食べてくれ」

「ああ、すまぬ」

何度も何度も謝る友の背を耕三郎は支え続けたのだった。

その日の夕刻、伊東は静かに息を引き取った。死に顔は安らかなものだった。

遺骸《いがい》に手を合わせた佐保は、耕三郎の姿が病室からそっと出ていくのに気づいた。

耕三郎は病棟を出て、薬草園に入っていく。佐保はそのままついていった。

「先生……」

「ああ、佐保さんか」

振り返った耕三郎は優しい、いつもの顔だった。

「どうかしたかい？」

「伺ってもいいですか？」

「ん？　何を」

「前に、私が作った寄せ卵は違うとおっしゃいましたよね。あれは奥さまのとは違うという意味だったんですね」

「ああそうだよ」

と、耕三郎は頷いた。

「妻はあの料理が得意だったのだ。よく作っていた……」

耕三郎はそう言って、すっと目を伏せた。

「『卵百珍』とは違うだろうが、あれが私にとっての寄せ卵なのだ」

耕三郎の目には悲しみが宿っている。

先生、なぜ、なぜそんな切なそうな目をするんですか——。

「ではなぜあれを……あの寄せ卵をお作りになったんですか」

仇《かたき》にわざわざ作ったのはなぜか、佐保には解せなかった。

「それは……」

ふっと耕三郎が微笑んだ。

「あいつも死ぬ前に食べたかろうと思ってな」

「あいつも？」

「ああ」

と、耕三郎が頷く。

「ということは先生もあれが最期に食べたいものということですか」

「ま、そういうことになるのかな」

耕三郎は苦笑を浮かべた。

自嘲《じちょう》気味に、悲しい目をして……。そんな顔、先生らしくない——。

「どうした、佐保さん。どうしてそんな怖い顔をしている」

「嫌だからです」

思わず、そんな言葉が口をついた。

「そんな先生、嫌いです」

「やれやれ、嫌われてしまったか」

耕三郎は「それは困った」と苦笑いを続けた。

「それをわざわざ言いに来たのかい？　そうか、ちょっと、女々しかったかな」

佐保は首を振った。

「いえ、違います、そうではありません。そうではないのです」

心の中をどう言い表せばいいのか、佐保は迷った。

嫌いだと言ったのは、先生には前を向いていて欲しいから。いつも笑っていて欲しいから。だから、だから――。

「私は、先生にはもう泣いて欲しくないだけです。あんな悲しい顔で、あんな辛《つら》そうな声で……あっ」

佐保は口を押さえた。あの日、目撃してしまったことを口走ってしまった。

耕三郎は少し困ったような顔になったが、ふーっと息を吐いて、また静かに微笑んで佐保を見た。

「私は先生に幸せになって欲しいのです。いつも笑っていて欲しいのです。そうでないと、私、私は先生のことが」

「佐保さん、それ以上は言ってはいけない」

耕三郎は駄目だと首を振った。

「佐保さんはいくつになる。十七だったか」

「年が明けると十八です」

もう子どもではありませんと、佐保は耕三郎を見たが、耕三郎はいやいやと首を振った。

「私は年が明けると三十二だ。一回り以上違う。佐保さんは、こんな男の心配などしなくていい。してはいけない」

「先生……」

「いいか、私は佐保さんが考えているような男ではない。愚かなところがいっぱいある。妻一人、幸せにできなかった男だ」

「でも……」

「聞きなさい。佐保さんにはこれからもっとやらなくてはいけないことがいっぱいある。愚かなことを考えてはいけない」

「でも先生は前におっしゃいました。人というものは愚かなところがあるからこそ、愛《いと》おしいのだと。今ならわかります。私は……私は」

耕三郎は大きく首を振り、ため息をついてみせた。

「……佐保さんは今、ほんの少し寂しいだけだよ」

「寂しくなんてありません」

「いや、自分では気づいていないだけだよ。せっかくお父上が見つかったのに離れ離れのままだ。その若さでよく耐えていると思う。あの幼馴染《おさななじみ》の玉屋の息子だって、小夜さんとイイ仲だ。寂しくない方がおかしい」

「違います」

「いや、違わない。……仮に違っていないとしても、私とかかわりを持つのは心得違いだ。さ、もう行きなさい。私は独りになりたい。友の死を静かに弔いたいのだ」

耕三郎の目は笑っていなかった。深い悲しみが張り付いていて、そこに佐保の入る余地はまったくなかったのである。

六

それから三日の間、佐保は熱を出した。多紀家に来てから初めてのことだった。

こんこんと眠り続ける佐保を見て、稀代たちは驚き、肺病患者の世話などしたからだと心配をした。

「いや、これは疲れが出ただけじゃろ。少しゆっくりしていれば治る」

瑞峰の診立ても、元胤の診立ても同じだった。その通り、熱が下がってからは、みるみる体調は戻っていった。

用心のためにもう二日経ってから佐保は医学館に出た。

「ああ、良かった。佐保ちゃんまでいなくなってどうしようかと思ったよ」

佐保を迎えたマサがそう言った。

「私まで？」

「そうだよ。田辺先生が突然、行っちゃっただろう。もう本当に困って」

「行ったって、どちらに行かれたんですか？」

「あれ、聞いてなかったかい。あのほら、ご浪人がいたろう。田辺先生の昔の知り合いの。あの方のお骨を菩提寺《ぼだいじ》に納めるのだとおっしゃって、上方へね。もう四日も前のことだよ」

四日前なら、まだ佐保は熱を出して寝込んでいた。だからといって、何も言わず去っていったことに、佐保は衝撃を隠せなかった。

「でもまたお戻りなんですよね！」

嚙《か》みつくようにマサに訊《き》いた。

「さぁ、それはどうだろうね。なんでも、ご実家から帰ってくるようにお話があったっていうから」

マサの言葉を最後まで聞かず、佐保は表へ飛び出した。飛び出したところで、耕三郎はもう箱根の関すら越えてしまっているだろうに……。

しばらく立ち尽くしてから、佐保はとぼとぼと台所へ戻った。

マサが心配そうに佐保に駆け寄った。

「ちょっとびっくりしてしまって……」

「うん。そうだよね。あんまりだよね」

「おお、佐保さんや、出てきたかい」

そこへ瑞峰がやってきた。

「もう熱は出ておらんか」

「はい。ご心配をおかけしましたが、もう大丈夫です」

佐保は丁寧にお辞儀をした。

「だったら、一つ頼んでよいかな。作ってもらいたいものがあるんじゃが」

「はい。何なりと」

何か用事をしていないとおかしくなりそうだ。二つ返事で応じた佐保に、瑞峰はなんと、寄せ卵を作って欲しいとねだった。

「伊東どのに作ったものじゃ。耕三郎が上手に作ってくれたと褒めておった。儂《わし》も食べとうてな、どうじゃ、作ってくれるか」

「えっ……」

「あれぇ、そんなのがあるなら、作っておくれよ」

と、マサも言い出した。

「な、頼んだぞ。出来たら、儂の部屋まで持ってきておくれ」

嫌だと言う暇《いとま》も与えず、瑞峰は台所を出て行ってしまった。

「何を用意したらいいんだい」

マサは手伝う気満々だ。

「教えておくれよね。さ、何からやる？」

「……じゃあまず、お湯を。あ、違いました。昆布です。昆布を水に浸して……」

佐保は耕三郎の言葉を思い出しつつ、料理を始めた。

「卵はよくかき混ぜて……そう切るようにして。よく混ざったら塩を一つまみいれて……」

佐保の脳裏に耕三郎と料理をしたときのことがまざまざと蘇《よみがえ》っていた。

「うん、そうだ」と、頷《うなず》いた耕三郎の横顔……。

「火傷《やけど》をするなよ」と気遣ってくれた目、そして笑顔……。

「この昆布の入った水はどうするんだい？」

マサが尋ねた。

「そのまま火にかけ、煮立つ寸前で昆布を取り、鰹《かつお》を加えます。上方風です」

「へぇ〜、上方風ねぇ」

——本当は、色をつけたくないんやけどな……まぁしょうがない。

醤油桶《しょうゆおけ》に手を伸ばした時、耳元で突然、耕三郎の声がした。

醤油をこぼしそうになり、佐保は慌てた。

「おっと、大丈夫かい」

「ええ、大丈夫です。ああ、そんなに入れないんです。ほんの少し垂らすだけで」

——さ、仕上げに入ろう。

一つ一つの動作に、耕三郎の声がかぶった。途中から佐保は耕三郎と一緒にいるような心地に浸っていた。

卵は初めて作ったときよりも丸く綺麗《きれい》に形づいた。

「これを入れて、上からさっきのつゆを注いで……」

——よくできた。ありがとう。

「出来上がりです」

「わぁ、こりゃ美味《おい》しそうだねぇ。お出汁のいい匂いがすること」

と、マサが感嘆の声を上げた。

佐保は出来上がった椀《わん》を瑞峰の許《もと》に運んだ。

瑞峰の教授室には、なぜか元堅の姿もあった。

「おお、出来たか。どれどれ」

と、瑞峰が佐保を招き入れると、元堅は物欲しげに椀を見た。

「なんですか？　えらくいい匂いがする」

「お前にはやらん」

まるで子どものように瑞峰は椀を独り占めした。

「誰も欲しいなど言っておりませんよ。なんですかそれ、お湯ですか？　お茶ですか？　味がないんじゃないですか」

元堅は茶色く色のついていない出汁など美味しいはずがないという顔をする。

「お前にはわからぬ。いいのじゃ、これはこれで」

周防岩国《すおういわくに》（現在の山口県）生まれの瑞峰は嬉《うれ》しそうに椀をすすった。

「う〜む、これじゃこれ。よい出汁加減じゃのぉ」

「美味しいんですか、それ。なぁ、何なんだよ、これ」

「寄せ卵です」

と、佐保は答えた。

「台所に行けばまだあるじゃろ。食べて来い、ほれ」

と、瑞峰が元堅を追い立てた。

「別にいいんですけど、私は」

「あまり数は作っておりませんけど」

佐保がそう告げると、元堅は、それは大変だとばかりに出て行った。

「ハハハ、あれの食いしん坊は治らんな」

見送った瑞峰が声を立てて笑ったので、佐保もつられて少しだけ笑顔になった。

それを見て瑞峰がよしよしと頷いた。

「のう、佐保さんや、これを預かっておったんじゃ」

瑞峰は手文庫から手紙を一通取り出した。

「お前の兄からの手紙じゃ」

「え？」

私に兄？　訝《いぶか》しく思いながら、佐保は手紙を受け取った。手紙には「佐保さま」と上書きがある。ひっくり返すと、裏には田辺耕三郎の名が記されてあった。

「耕三郎はな、お前さんのことを妹のように思うておると、そう言うておった。ゆっくり読むがいい」

「はい……」

佐保は手紙を胸にそっと引き寄せ抱きしめた。


『突然、去ることを許して欲しい』

耕三郎の手紙はそんな言葉から始まっていた。続いて、佐保の笑顔が医学館の仕事での癒《いや》しであったともあった。

『佐保さんは、その笑顔で周りの人を包み込み、温かい気持ちにできる人です』

「それは先生のことです」

読みながら、佐保は耕三郎に語りかけていた。耕三郎の笑顔に何度救われたことだろうか。あの包み込むような笑顔の奥に、あんな深い悲しみが眠っていたただなんて、知らずにいた。苦しみを乗り越えたあの笑顔に勝るものはない――。

『佐保さんには幸せになってもらいたいと心から願っています。このまま勉学を続ければ、あなたは必ずや良い料理人になるでしょう。私が保証します。どうかどうか、お幸せに』

そう結ばれた手紙の後ろにもう一行、こんな言葉が綴《つづ》られてあった。

『追伸、佐保さんの寄せ卵も私は好きでしたよ』

佐保は手紙を握りしめて、一人、思いっきり声を上げて泣いた。

泣いて泣いて、泣き終わると、空を見上げた。

江戸の冬空は青く澄んで、とてもきれいに晴れ渡っていた。

頬を刺す風は冷たくても、陽の当たる場所はほっこりと暖かい。

どんなに辛《つら》くて悲しくても笑顔を忘れずにいれば、ほんの少しでも心は温まる。温かな心はきっと周りにも微笑みをもたらすだろう。

空を見上げながら、佐保はゆっくりと口角を上げて、微笑んだ。

師走《しわす》の足音はもうすぐそこまで来ている。

佐保の薬膳料理

佐保が提案した料理を現代風にアレンジしています。
＊五味五性とは、身体が感じる食材の味（辛・甘・酸・苦・鹹《かん》［塩］）と性質（寒・涼・平・温・熱）。
＊帰経とはその食材が影響する身体の部位。

レシピ1　ずいきの酢の物

本文では医学館の賄い料理として登場。
常備菜として作り置きしておくと、箸休めになります。

材料（作りやすい分量）

・干しずいき（生が入手できればなおよいです）……1袋（25g程度）
・あく抜き用の酢……少々
（湯量の1／20程度）
・酢（米酢でも穀物酢でも）……大さじ3
・きび糖（白砂糖でも構いません。
お好みで加減してください）
……小さじ1〜大さじ2

作り方

1　ずいきの下ごしらえ：干しずいきはたっぷりの水に約20分浸して戻します。生ずいきの場合は、外皮を薄くはぎます（指でつまんですーっと下に引くと、ひと皮簡単にめくれます）。ずいきを食べやすい大きさ（3〜4センチ程度）に切り、あく抜きのために、たっぷりのお湯に酢を加えてゆでます。沸騰したまま弱火にして15分程度が目安です。柔らかくなったら、ざるに上げ、湯を切っておきます。

・昆布だし（顆粒）……小さじ1
・醤油（お好みで加減してください）
……小さじ1／2～大さじ1
・すりごま……適宜

2 合せ酢を作ります。分量の酢・きび糖・昆布だし・醤油をよく混ぜておきます。
3 下ごしらえ済のずいきと合せ酢を混ぜます。最後にすりごまを振れば出来上がりです。

【食材の漢方成分】
ずいき 五味五性：甘・辛・平 帰経：脾・胃 主効：健脾・通便・血流改善
酢 五味五性：酸・苦・温 帰経：肝・胃 主効：血流改善・消化促進
きび糖 五味五性：甘・平・温 帰経：脾・胃 主効：中和・痛みの緩和・肺を潤す

【特にオススメの方】

産後の女性に。瘀血《おけつ》（血の滞り）改善。高血圧予防、ダイエット食、潤い不足の改善に。


【ひとこと】

昔ながらのひなびた家庭料理です。ずいきは「古血を洗う」と言われ、産後の回復食とされてきました。低カロリーなのに、マンガン・カリウム・カルシウム・鉄分などのミネラル、それに不溶性食物繊維を豊富に含んでいます。生のものは滅多に手に入りませんが、乾物コーナーにはよくあります。みつけたら、一度作ってみてください。酢で和えるととてもきれいな淡紅色になって、歯ざわりも楽しい一品となります。

レシピ2

菊花と柿の実入りの白和え

本文では重陽の節句の宴にてつまみとして、菊酒と共に。

材料（作りやすい分量）

・豆腐……150g
（絹ごしでも木綿でもお好みで）
・ピーナッツバター……大さじ1
（コクが出ますが、なくても構いません）
・味噌（白味噌が一番よいですが他でも構いません）
……小さじ1～2
・みりん……小さじ2
・砂糖（オリゴ糖でも）
……小さじ1～2
・柿……1個
・食用生菊花……25g

作り方

1 食用の菊花は、生のものは熱湯でさっとゆでておきます。乾燥ならひとつかみを水に数分浸し戻します。豆腐は水切りをします（キッチンペーパーに包んでから深皿に入れ、電子レンジ600Wで2～3分加熱すると早く水が切れます）。

2 柿は皮をむき、種を除いて、小さなサイコロ状に切っておきます。

3 すり鉢にピーナッツバター、味噌、みりん、砂糖を入れ、すりこぎですりながらよく混ぜ合わせます。砂糖入りのピーナッツバターの場合は、砂糖は不要かもしれません。また、柿の甘味に応じて、砂糖の量は加減してください。最後に水切りしておいた豆腐をちぎりながら入れて、さらにすりこぎでよくすっておきます。

（乾燥のものならひとつかみ程度）

4　3に柿と菊花を入れて、やさしく菜箸で混ぜて盛り付けます。

【食材の漢方成分】

豆腐　五味五性：甘・涼　帰経：脾・胃・大腸　主効：清熱・補気・津液を生じ、身体を潤す

柿　五味五性：甘・寒　帰経：心・肺・胃・大腸　主効：清熱・肺や喉を潤す

菊花　五味五性：甘・微苦辛・寒　帰経：肺・肝　主効：清熱・解毒・明目・消腫

【特にオススメの方】

熱っぽく疲れやすい方。疲れ目の改善、潤い不足の改善に。

【ひとこと】

柿の甘味と菊花のほろ苦さが楽しめる白和えです。甘味を控えると酒のつまみになり、甘めに仕上げると、デザートのような一品になります。ピーナッツバターの代わりに胡桃やごまを代用してもおいしいです（本文、佐保はつぶし胡桃とすりごまを使っています）。豆腐はよく水切りしたほうがおいしく仕上がります。

レシピ3

寄せ卵の吸い物

本文では、肺を病んだ伊東唯八のために。

材料（2人分）

・卵……3個

・塩……適宜

・水（すまし汁用）……400cc

・昆布だし……小さじ1／2〜1

・鰹だし……小さじ1／2〜1

＊無添加の昆布粉や鰹粉がおすすめです。市販のものはそれぞれの用量を確認して作ってください。

・薄口醤油……少々

＊だしの取り方は本来は本文のように昆布と鰹節から取りますが、ここでは手軽にできる方法をご紹介しています。市販の白だしを使うともっと手軽です。

作り方

1　卵を割り、塩一つまみを加えて、よく撹拌しておきます。

2　平たいざる（湯切りのためです。なければ網など）の上に、厚めのキッチンペーパー（もしくは晒布）、巻きすの順に重ねて用意しておきます。

3　水（分量外）に塩少々（分量外）を加え、沸騰させます。ぐらぐら煮立っているところに1の卵液を流し込みます。広がりすぎないようにお玉で寄せながら、30秒ほど火を通します。

4　3の卵を、穴あきのお玉かアク取り用の網付きお玉ですくい上げ、2の上にのせます。

5　火傷をしないように注意しながら、キッチンペーパーごと、手早く巻きすを巻きます。このまま粗熱が取れるまで置いておきます。

（市販の粉末だしを使う場合、
不要かもしれません）

・三つ葉・ほうれん草・わかめなど
（いろどりとしてお好みで）

6 すまし汁を作ります。水に用量の昆布だし、鰹だしを加えて煮立たせ、最後に薄口醤油少々で味を調えます。甘味が欲しい場合はみりん少々を加えてもよいでしょう。

7 巻きすを解いて、卵を一口大に切り、汁椀に入れ、すまし汁を注ぎます。青みとして、三つ葉やほうれん草、わかめなどお好みで加えるといろどりよくなります。

【食材の漢方成分】

卵　五味五性：甘・平　帰経：肺・心・脾・肝・腎　主効：滋陰・補血・安胎

昆布　五味五性：鹹・寒　帰経：肝・胃・腎　主効：清熱・腫れの軟化・利水

鰹　五味五性：甘・平　帰経：腎・脾　主効：補気・補血・益精・健胃

【特にオススメの方】

虚弱体質にお悩みの方、病中病後の回復期に。不眠、喉の渇き、声がれの改善にも。

【ひとこと】

とても高い栄養価を持つ卵。不足している体液や血液を補い、身体を潤す効果に優れていて、積極的に摂りたい食材の一つですね。血を補うのは精神不安の解消にもつながります。ふんわりとした卵の食感と旨味たっぷりの汁物は、妊婦や赤ちゃんにもおすすめです。

本書は書き下ろしです。

漢方養生は人それぞれの体質により効能が異なります。危急の場合や持病がおありの方、何か服薬中の方は、必ずかかりつけ医のご指示を得てくださいますよう、お願いいたします。

編集協力／小説工房シェルパ（細井謙一）

お江《え》戸《ど》やすらぎ飯《めし》

初恋《はつこい》

鷹《たか》井《い》伶《れい》

令和3年 4月25日　初版発行
令和6年 11月15日　3版発行

発行者●山下直久

発行●株式会社KADOKAWA
〒102-8177　東京都千代田区富士見2-13-3
電話　0570-002-301(ナビダイヤル)

角川文庫 22645

印刷所●株式会社KADOKAWA
製本所●株式会社KADOKAWA

表紙画●和田三造

●お問い合わせ
https://www.kadokawa.co.jp/ (「お問い合わせ」へお進みください)
※内容によっては、お答えできない場合があります。
※サポートは日本国内のみとさせていただきます。
※Japanese text only

ISBN 978-4-04-111075-1　C0193

角川文庫発刊に際して

角川源義

第二次世界大戦の敗北は、軍事力の敗北であった以上に、私たちの若い文化力の敗退であった。私たちの文化が戦争に対して如何に無力であり、単なるあだ花に過ぎなかったかを、私たちは身を以て体験し痛感した。西洋近代文化の摂取にとって、明治以後八十年の歳月は決して短かすぎたとは言えない。にもかかわらず、近代文化の伝統を確立し、自由な批判と柔軟な良識に富む文化層として自らを形成することに私たちは失敗して来た。そしてこれは、各層への文化の普及滲透を任務とする出版人の責任でもあった。

一九四五年以来、私たちは再び振出しに戻り、第一歩から踏み出すことを余儀なくされた。これは大きな不幸ではあるが、反面、これまでの混沌・未熟・歪曲の中にあった我が国の文化に秩序と確たる基礎を齎らすためには絶好の機会でもある。角川書店は、このような祖国の文化的危機にあたり、微力をも顧みず再建の礎石たるべき抱負と決意とをもって出発したが、ここに創立以来の念願を果すべく角川文庫を発刊する。これまで刊行されたあらゆる全集叢書文庫類の長所と短所とを検討し、古今東西の不朽の典籍を、良心的編集のもとに、廉価に、そして書架にふさわしい美本として、多くのひとびとに提供しようとする。しかし私たちは徒らに百科全書的な知識のジレッタントを作ることを目的とせず、あくまで祖国の文化に秩序と再建への道を示し、この文庫を角川書店の栄ある事業として、今後永久に継続発展せしめ、学芸と教養との殿堂として大成せんことを期したい。多くの読書子の愛情ある忠言と支持とによって、この希望と抱負とを完遂せしめられんことを願う。

一九四九年五月三日